ALLES

Science-Fiction, Fantasy, Cybertales, Second Life, Glossen, Performance-Texte, Krimis, Horror, Vampir, …

Jugendsünden und Altersunsinn von

BukTom Bloch
aka
Burkhard Tomm-Bub, M.A.

ALLES: klar?

Aber erst mal: Guten Tag!
Mein Name ist Burkhard Tomm-Bub, geborener Tomm.
Mehr Details dazu gibt es gegen Endes des Buches, unter dem Stichwort
"Autor".
Ich habe noch keine Literaturwettbewerbe gewonnen und bin auch kein
Mitglied angesehener Schriftsteller*innen-Vereinigungen.
Im Laufe der Jahre habe ich aber schon dies und das veröffentlicht, zumeist
als Selfpublisher. Aber nicht nur.
Einiges davon ist mir besonders wichtig, so etwa einige meiner *Lyriktexte*,
mein Sachbuch *"Gesellschaft - Sucht - Sozialarbeit"*, die Arbeit *"Kinder aus
Alkoholikerfamilien"* und unbedingt auch mein *"Handbuch Widerstand gegen
Hartz IV"*.
Und hier liegt nun "Alles" andere vor!
"Besonders wichtig" hatte ich gesagt - aber wer will derlei objektiv
entscheiden?
Vielleicht sind ja Dinge in genau DIESEM Buch auf irgend eine verrückte Art
und Weise viel wichtiger?
"Jugendsünden und Altersunsinn" so steht es auf dem backcover. Durch diesen
raffinierten Kunstgriff habe ich mir eine Unmenge Grübelei und etliche
Entscheidungen erspart - und Euch, den Leserinnen und Lesern, die Chance
erhalten, auch das selbst zu entscheiden.
Ich danke schon jetzt für Eure Aufmerksamkeit und wünsche allen ein wenig
Belustigung, einige Gedankenanstöße und gute Unterhaltung!
Den Preis werde ich so niedrig wie möglich halten, allerdings wieder einen
Euro zusätzlich einkalkulieren, für wohltätige Zwecke. Das ist mir in letzter
Zeit zur Gewohnheit geworden. Und in meinem Alter gewöhnt man sich ja nur
noch schwer um.

Ad astra und Namaste!

MfG
BukTom Bloch
aka
Burkhard Tomm-Bub, M.A.
-Lord of Glencoe-

ZUM GELEIT

„Eine Entschuldigung ist irrelevant."
(Seven of Nine)

"Lesen bildet, wissen Sie."
(Captain Kathryn Janeway)

"Unmöglich ist ein Wort, das Menschen viel zu oft benutzen."
(Seven of Nine)

"Mit genügend Geduld ist alles möglich."
(Subcommander T'Pol)

T'Pol: "Letztendlich haben wir etwas von den Orionern gelernt ..."
Reed: "Ja, die Frauen haben das Sagen."
T'Pol: "Das zeigt, dass selbst unangenehme Spezies positive
Eigenschaften haben."

"Die Borg würden nicht mal Spaß verstehen, wenn sie einen
Vergnügungspark assimiliert hätten!"
(B'Elanna Torres)

NgaQ lojmlt! To'waQ ylylv!
(Klingonisch)

INHALT

SEKTOR I.
Science-Fiction

Alpha: (Drei SF-Storys)
Beta: (Drei SF-Lyriktexte)
Gamma: (Eine SF-Rezension)

SEKTOR I.
ALPHA:

INTRO "Letzter Auftrag"

"Letzter Auftrag" fällt wohl wirklich unter Jugendsünde, denke ich. :-)
Es ist lange her, dass ich dies schrieb, und ich erinnere mich, dass ich damals
ein wenig genervt war von zu vielen halbesoterisch und psychedelisch
angehauchten SF-Storys.
Grundsätzlich habe ich da nichts dagegen, aber ich wollte dann doch mal
wieder so eine ganz "normale Räuberpistole" lesen.
Und so versuchte ich, sie selbst zu schreiben.

INTRO "Auf dem Strome will ich fahren ..."

"Auf dem Strome will ich fahren ..." ist noch nicht sehr alt, erst wenige Jahre.
Die Geschichte ist wohl ein wenig romantisch angehaucht.
Mich faszinierte aber auch vor Schreibbeginn schon eine ganze Zeit lang der
Gedanke, was denn wohl geschieht, wenn etwas Wichtiges, das nicht zu
gehen scheint, WIRKLICH nicht geht. Erst mal ziemlich lange nichts, klar.
Aber dann? Die Zeit bleibt ja für die Menschheit nicht stehen.
Was würde man sich da dann wohl einfallen lassen?

INTRO "EXPANSION"

"EXPANSION" ist eine recht neue Geschichte.
Ausgelöst wurde sie durch eine reale Zeitungsmeldung in einem
Wissenschaftsmagazin.
Bald kam mein Bedürfnis hinzu, einer bestimmten Welt in der VR (virtual
reality) und hier namentlich den Initiator*innen der bedeutensten
deutschsprachigen Literaturgruppe dort eine kleine Referenz zu erweisen.
Die Hommage geht also an Zauselina Rieko und Kueperpunk Korhonen von
den Brennenden Buchstaben in Second Life.

<u>**Science Fiction**</u>

Letzter Auftrag

(SF-Story)

 Auf dem Weg zum Chief-Commander überlegte Kathy, worum es sich wohl diesmal handeln
würde. Einige Aufträge in letzter Zeit waren recht schmutzige Arbeit gewesen. Einige Male
hatte sie mit dem Gedanken gespielt, einfach alles hinzuwerfen, was bei ihrem Job aber nicht
so einfach war.
"Kathy Bagnell, ich freue mich, Sie wiederzusehen", begrüßte McLaren sie, "ich hoffe, sie
haben sich nach dem letzten Einsatz gut erholt! Setzen Sie sich bitte."
Er wurde übergangslos dienstlicher. "Ich muss Sie bereits morgen mit einem neuen Auftrag
betrauen. Sie gehen direkt nach Burlon, einer der Hauptwelten unserer Feinde. Nun," er
lächelte maliziös, "Feinde darf man ja eigentlich nicht sagen, schließlich hat es noch keine
offizielle Kriegserklärung gegeben."

"Es handelt sich in Kurzform um folgendes: " fuhr er fort, "Unser Gegner entdeckte vor einiger
Zeit einen starken Telepathen und Suggestor in seinen Reihen. Dieser Mann liest bereits
jetzt in fast jedermanns Gedanken wie in einem Buch. Was jedoch ernster ist: Seine
Fähigkeit, anderen seinen Willen aufzuzwingen, schlägt jetzt schon alles Dagewesene."
"Dieser Mann befindet sich in einem Trainingscamp auf Burlon nehme ich an?", warf Kathy
ein.
"Nein," sagte McLaren "und das ist unsere Chance! Die Person ist ein hochqualifizierter
Wissenschaftler, fast als Sonderling bekannt. Er besteht darauf, seinen Forschungsauftrag
solange wie möglich nachzugehen, und sein hypno-telepathisches Talent sozusagen in aller
Stille weiter zu entwickeln. Natürlich wird er aber überwacht."
"Ich verstehe langsam," bemerkte Kathy bitter, "mich haben Sie also als Attentäter
ausersehen, nicht wahr, McLaren?"

"Nein, nein, ganz so ist es nicht", beschwichtigte dieser sie "wir besitzen seit kurzer Zeit ein
Gerät, welches für Normalmenschen tödlich wäre. Parapsychisch begabte Menschen werden
nur betäubt und ihr Psisektor im Gehirn wird quasi ausgebrannt!"
Er lächelte, "Ihre Abneigung gegen, sagen wir, Beseitigung ist mir bekannt. "Allerdings können
sich nur wenige meiner Untergebenen solche Allüren leisten." fügte er schärfer hinzu,
"Auch Sie können dies nur aufgrund Ihrer sonst hohen Qualifikationen. Aber so wie ich den
Auftrag formuliere - zum Esper vordringen und Beseitigung seiner Fähigkeiten, dürfte es selbst
Ihnen ja human genug sein!"

Kathy stand auf und salutierte. "Die Einzelheiten werden mir auf dem üblichen Weg
mitgeteilt, nehme ich an?"
"Jawohl, Agentin Bagnell. Und viel Erfolg.", verabschiedete McLaren sie.

***

So weit war alles gut gegangen. Kathy hatte mit ihrem miniaturisiertem Psi-Löscher und in guter Tarnung alle Kontrollen und bürokratischen Hindernisse überwunden. Sie befand sich nicht nur auf Burlon, sondern nur noch wenige Straßenzüge von Al Rangin, ihrem Opfer, entfernt. Was sie jetzt aber sah war gleichzeitig ein absoluter Zufall (ein wie großer würde sie erst später erfahren) und außerdem das mögliche Ende ihrer Mission.
Erst kurz zuvor war sie in eine unbelebte Seitenstraße abgebogen und erblickte nun eine Gruppe dreier Männer, die ihr auf der sonst nächtlich ausgestorbenen Gasse entgegen kamen.
Einer von ihnen gab durch leichte Fingerbewegung das oberste Notzeichen aller heimischen Agenten. Kathy handelte ohne weiteres Abwägen des Für und Wider.
"Freunde, Sie müssen mir helfen, wir wurden überfallen ..." schluchzte sie laut auf und stolperte auf einen der anderen Männer zu. Dann ging alles blitzschnell.
Noch während sie ihren Betäubungsschlag ausführte, sprang der zweite Mann zurück und löste die Waffe in seiner Tasche aus. Heiß fauchte der Schuss an ihr vorbei. Trotz einer Ausweichbewegung hätte der nächste sie erwischt, wenn ihr mutmaßlicher Kollege nicht ebenso reaktionsschnell gehandelt hätte.

Sein aus einer Körperdrehung heraus erfolgter Tritt in das Rückrat des Schützen, fällte diesen augenblicklich, er schlug auf das Plastikpflaster und blieb reglos liegen. Ein kurzer Blick zeigte Kathy, dass es vorläufig noch keine Zeugen des Zwischenfalls gab.
Wie ein eingespieltes Team schleiften sie und ihr Kollege die beiden ausgeschalteten Männer in die nächste Hofeinfahrt.
"Verdammt," zischte ihr unbekannter Schützling, "ich glaube meiner ist tot. Manchmal kotzt mich der ganze widerliche Job an. Das waren zwei ganz kleine Lichter, die mich nur zufällig überrascht haben." Sofort hatte er sich aber wieder unter Kontrolle.

"Erst mal herzlichen Dank. Steht Ihr Auftrag mit dem meinen in Zusammenhang?" "Nein," erwiderte Kathy, "der nackte Zufall. Glauben Sie, dass die beiden schon eine Botschaft abgesetzt haben?" "Das ist unwahrscheinlich, warum?" fragte er. "Nun," erwiderte Kathy, "mein Gegner wird etliche Stunden besinnungslos bleiben und ich glaube nicht, dass man die beiden hier schnell finden wird. Das gibt uns Gelegenheit einige Informationen auszutauschen! Aber nicht hier. In der Nähe ist ein ziemlich übles, aber überlaufenes Vergnügungsviertel. Ich denke, wir sollten uns schleunigst dorthin absetzen!"

"Gut, übrigens - Mes Darlon ist mein Name."
Schnell, aber unauffällig entfernten sich die beiden um einige Straßenecken.
Als sie die ersten Ausläufer des Amüsierviertels erreichten, wechselten sie zur Bummelei eines verliebten Touristenpärchens über. Was Kathy, trotz des Ernstes der Lage, nicht übel gefiel. Dieser Darlon schien ihr nicht unsympathisch.
Wenig später saßen sie in einer etwas halbseidenen, aber noch erträglichen Exotic-Bar, auf dessen Bühne junge Frauen der verschiedensten Planetenvölker eine Art Showeinlage gaben. Kathy war übrigens der Meinung, dass die Hälfte dieser sogenannten Frauen weniger exotisch als vielmehr gut maskiert waren. Für eine gute Geräuschkulisse sorgten sie jedenfalls.

Da auch keine Verfolger in Sicht waren, riskierten die beiden hier ein halblautes Gespräch.
"Darlon, so sehr ich diese Anordnung auch verabsche", begann sie unverblümt, "aber warum leben Sie überhaupt noch? Sie kennen unsere Anweisungen, für den Fall, dass wir erwischt werden. Statt dessen gaben Sie das Notzeichen. Also, worum dreht es sich?"
"Dass ich einfach feige bin, glauben Sie also nicht? Aber Sie haben recht. Im Telegrammstil: Bei einem anderen, ziemlich belanglosen Auftrag stieß ich auf ein neu eingerichtetes Produktionszentrum. Hergestellt wurden dort neuartige sogenannte Psi-Deflektoren. Das heißt, durch diese miniaturisierten Geräte hat kein Esper, welcher Art auch immer, mehr Einfluß auf einen. Jedenfalls in einem Radius von circa dreißig Metern. Die Gefahr vorher von ihm geortet zu werden, ist ja bekanntlich gering. Wenn die Dinge hier auf Burlon endgültig in Serie gehen, bevor wir etwas gleichwertiges haben ..."
"Sagen Sie bloß, Sie haben die Pläne?", unterbrach ihn Kathy entgeistert.

Etwas Stolz konnte nun auch Mes Darlon in seiner Stimme nicht unterdrücken: "Nicht direkt, aber ich habe ihnen drei von den Deflektoren geklaut und bin ziemlich sicher, dass sie es bis heute nicht bemerkt haben. Die werden sich ganz schön wundern, wenn die drei Blindgänger, die ich ihnen untergeschoben habe, in den Einsatz gehen, Kollegin!"
"Kathy ist mein Name." sagte sie unvermittelt. Dann fielen ihr die Augen aus dem Kopf.

"Mes, die Geräte müssen unbedingt zur Heimatbasis. Haben Sie jetzt noch die Möglichkeit, ohne meine Hilfe zurückzukehren?" "Ja, aber der Haken ist, dass ich mir vorher Zeit lassen muss, um eine neue Identität anzunehmen", meinte Mes nachdenklich, "wann kehren Sie zurück?" "In zwei Tagen, wenn meine Mission nicht fehlschlägt." entgegnete sie. "Mit einem der Deflektoren würden sich meine Erfolgsaussichten um einiges steigern."
Er überlegte, "Das wären wahrhaftig zwei Fliegen mit einer Klappe. Ja, ich glaube, auch McLean wäre damit einverstanden." Kathy grinste, "McLaren! Auf einmal so mißtrauisch?"
Mes lächelte verlegen, "Nein, Sie hätten wohl andere Möglichkeiten gehabt, mich hereinzulegen." Er reichte ihr einen winzigen Gegenstand. "An der Bedienung ist nichts falsch zu machen. Es gibt nur einen An- und Ausschalter." Kurz darauf verließen sie das Lokal und trennten sich unauffällig. Kathy warf noch einen Blick zurück.

***

Einige Stunden später fieberte Kathy der endgültigen Konfrontation mit Al Rangin entgegen. Das äußere Netz der Agenten, die Rangins Haus unauffällig abschirmten, hatte sie bereits unbemerkt überwunden. Die Tür zum Privatlabor des Wissenschaftlers war von ihr mit einem, ebenfalls eingeschmuggelten, hochwertigen Codegeber schnell geöffnet worden. In dem Wohn- und Arbeitstrakt selbst, schienen sich keine weiteren Bewacher aufzuhalten. Vorsichtig bewegte sich Kathy zu der offenstehenden Tür eines Labors, aus dem Arbeitsgeräusche zu hören waren. Auf jede Überraschung gefasst, spähte sie in das Labor.

Das war wirklich Glück. Nur ein Mann hielt sich in dem Raum auf und dieser hatte sie nicht bemerkt, da er mit dem Rücken zu ihr über einen Arbeitstisch gebeugt stand. Er schien sehr konzentriert an einer Apparatur zu arbeiten.
Kathy identifizierte den Mann, auch ohne sein Gesicht zu sehen, als Al Rangin. Sie hatte den Zeitpunkt also richtig berechnet. Rangin war jetzt so beschäftigt mit seiner Arbeit, dass keine Gefahr bestand, dass er sie auf psionischem Wege wahrnahm. Wenn das Gerät von Mes Darlon, welches sie eingeschaltet hatte, tatsächlich funktionierte, war diese Vorsichtsmaßnahme eigentlich überflüssig, aber sie wollte sich nicht ganz auf diesen Faktor verlassen.

Da der Mann nun ohnehin keine Chance mehr hatte, machte sich Kathy mit gemischten Gefühlen bereit, die für derartige Fälle vorgesehene Formel zu sprechen. Auf der einen Seite begrüßte sie es, ihr wehrloses Opfer wenigstens ansatzweise noch zu warnen, andererseits fand sie den vorgegebenen Satz ziemlich pathetisch.
"Al Rangin!", rief sie und als sich dieser verblüfft umdrehte: "Für Terras Ehre!", dann drückte sie ab.
Kaum hatte der Strahl des Psi-Löschers Al Rangin getroffen, verzerrte sich sein Gesicht in namenloser Qual. Er stürzte zu Boden und blieb reglos liegen.

"Verdammt, der sieht aber sehr tot aus.", dachte Kathy. Aber es war mit Sicherheit Al Rangin, der Esper, dessen Psifähigkeiten sie beseitigen sollte.
Doch dann hatte sie keine Zeit mehr nachzudenken. Zwei Männer stürmten mit gezogenen Waffen in das Zimmer.

***

Kathy Bagnell starrte in die Mündungen zweier Strahlenwaffen. "Wir haben Dich Täubchen!"
sagte einer der beiden, ein vierschrötiger Burlone mit einem schmierigen Grinsen. "Schön
die Hände hoch!" kommandierte der andere, ein kleingewachsener Mann mit listigen Augen.
"Paß auf sie auf, Necha," wies er diesen an, "ich schaue nach Rangin." Er beugte sich
hinunter. "Zu spät, er ist tot." sagte er, doch es schien ihm nicht viel auszumachen.
In diesem Moment handelte Kathy. Der andere der beiden Agenten hatte in der ganzen Zeit
sein überhebliches Grinsen nicht verloren und sogar die Waffe etwas sinken lassen.
Kathies Chancen waren, realistisch betrachtet, sehr klein. Der Labortrakt lag nicht ebenerdig,
sondern im ersten Stock des Gebäudes. Dennoch musste sie die einzige Möglichkeit, die sich
ihr bot ausnutzen. Mit einem einzigen Satz überwand sie die Distanz und sprang durch das
geöffnete Fenster. Der Schuß einer Strahlenwaffe fauchte über sie hinweg. Wieder hatte
sie Glück. Ein größeres Gebüsch dämpfte ihren Aufprall, so dass sie nur einige Kratzer
davontrug. Aus dem Fall rollte sie sich ab, so gut es eben ging und sprang auf die Beine.
Blitzschnell schaute sie sich um und rannte dann in Richtung eines nahen Häuserblockes
davon. Ihre Studien der Straßenpläne zahlten sich nun aus. Verfolgt wurde sie von den auf
der Straße postierten Agenten, die sich schon angeschickt hatten, das Haus zu betreten.
Mehrfach wurde auf Kathy geschossen, doch als es ihr gelang, um die nächste Ecke zu
biegen, stiegen ihre Aussichten im Labyrinth der Häuserschluchten zu entkommen.

* * *

Sie hatte es tatsächlich geschafft. Ihr Entkommen nach dem Anschlag auf Rangin war nur mit
einiger Mühe gelungen. Nur durch eine Mischung von Glück und Können war es ihr möglich
gewesen, sich zu retten. Danach waren die Schwierigkeiten aber nicht sogleich beendet. Wie sie
festgestellt hatte, konnte sie nicht auf dem geplanten Weg in die Basis zurückkehren. Man
hatte die Kontrollen derartig verschärft, dass sie andere Wege suchen musste. Tatsächlich war
es ihr jedoch schnell gelungen, einen solchen Weg zu finden. Nun stand die Ankunft in der Basis
kurz bevor. Schon landete die Fähre im basiseigenen Hangar. Kurz darauf stand Kathy
McLaren gegenüber.

"Willkommen daheim.", sagte McLaren, "Kathy, Sie baten darum, sofort zu mir vorgelassen
zu werden. Ich habe dieser Bitte ausnahmsweise entsprochen. Also, worum geht es?" "Nun,"
begann Kathy, "bei der Erfüllung meines Auftrages fiel mir einiges auf. So zum Beispiel, dass
Rangin beim Einsatz meiner Waffe starb. Dies schien den feindlichen Agenten, der mir das
bestätigte kaum zu beunruhigen. Überhaupt kam mir der ganze Ablauf sehr inszeniert vor."
"Sprechen Sie doch weiter Bagnell.", bemerkte McLaren ruhig. Unauffällig legte sein Finger
einen Schalter um, der das Büro von der Außenwelt völlig isolierte. "Welche Schlüsse ziehen
Sie daraus?"

"Ich habe mir überlegt," antwortete Kathy, "ob Rangin wirklich ein Esper war. Aber wenn er nur
ein Wissenschaftler war, so wäre er doch für die Gegenseite wertvoll gewesen! Das ist also
noch keine Erklärung für das Desinteresse an seinem Tod."
"Ganz recht.", kam es nun von McLaren, "Wissen Sie, irgendwie bewundere ich Ihre
Intelligenz. Noch mehr habe ich mich darüber gewundert, dass Sie es überhaupt geschafft
haben, zurückzukehren. Damit habe ich nicht gerechnet. Ich fürchte nur, Ihre
Gedankengänge könnten mir langsam gefährlich werden."

"Natürlich, das ist die Erklärung für alles!", brachte sie fassungslos hervor.
"Sie sind in Wirklichkeit ein Spion des Feindes, McLaren wurde ausgetauscht."
"Richtig, ich bin nicht McLaren und Al Rangin war in Wirklichkeit ein Agent Terras, aber auch
die Verantwortlichen auf Burlon, meiner Heimat hatten schon Verdacht geschöpft. Einerseits
war man sich nicht sicher, ob er ein Feind war, er leistete ansonsten gute Arbeit. Ihn zu, nun,
verhören hätte so oder so keine wichtigen Informationen erbracht. Außerdem kann ich jetzt
hier genug erreichen. Schade, dass mein Plan nicht hundertprozentig funktionierte, eigentlich
wollte ich Sie und Rangin gleichzeitig loswerden."

Kathy bewegte vorsichtig die linke Hand in eine ihrer Taschen. Sie ahnte bereits, dass dieser Mann, der ihr gegenüberstand, mehr Fähigkeiten besaß, als ein durchschnittlicher Feindagent. Sie legte, ohne hinzusehen, den Schalter des Psi-Deflektors um, den Mes Darlon ihr ausgehändigt hatte.
Da fuhr der Mann, der aussah wie McLaren auch schon fort: "Machen Sie sich keine Illusionen. Ich bin tatsächlich ein Esper, Sie haben verspielt. Den anderen werde ich erzählen, man hätte Sie umgedreht und Sie hätten mich ermorden wollen."

Kathy schauderte. Der Einsatz auf Burlon war für ihren Psi-Deflektor kein richtiger Test gewesen, da Al Rangin ja kein richtiger Esper gewesen war. Ihr Gegner sah sie konzentriert an. Vermutlich versuchte er jetzt Kathy unter seinen Einfluss zu bringen, um sie dann, ohne dass sie sich wehren konnte, zu töten.
Da war die Entscheidung!
Als Kathy Bagnell die maßlose Verblüffung im Gesicht des Mutanten sah, sprang sie ihn an und fällte ihn mit ein paar Schlägen. Der Feind in Gestalt ihres Chefs konnte ihr in seiner Überraschung nichts entgegensetzen. Bewusstlos sank er zu Boden.

Kathy suchte und fand den Schalter für den Isolationsschirm, der um das Büro gelegt worden war. Den Deflektor deaktivierte sie jedoch vorerst nicht.
Trotzdem war das erste, was sie von dem hereinstürmenden Personal hörte: "Verdammt, sie hat den Chef erledigt, nehmt sie fest!"

***

Das Missverständnis hatte sich glücklicherweise ziemlich schnell aufklären lassen. Kathy hatte keine Gegenwehr gezeigt und eilig die wichtigsten Informationen gegeben. Erste Überprüfungen an Ort und Stelle ergaben, dass an der Geschichte etwas dran sein konnte, später wurde alles in ihrem Sinne bestätigt.
Der vorgebliche McLaren wurde verurteilt und wenig später ausgetauscht gegen Mes Darlon, der mittlerweile auf Burlon festgesetzt worden war. Etwa zu diesem Zeitpunkt stand Kathy Bagnell im Büro von Nitzki, der sozusagen der Personalchef der Basis war.

"Na schön, Kathy," sagte er zu ihr, "Sie haben einiges bei uns gut, durch die Enttarnung des angeblichen McLaren, aber Sie wollen das wirklich ausnützen um vorzeitig den Dienst zu quittieren? Warum nur, ich verstehe Sie nicht!"
"Wissen Sie," antwortete Kathy, "ich habe bisher durch und mit meiner Arbeit die Verantwortung für alles mögliche übernommen, obwohl ich das oft eigentlich gar nicht wollte. Das endete damit, dass ich einen unserer Leute tötete. In Zukunft will ich bewusst Verantwortung übernehmen. Doch damit muss ich bei mir selbst beginnen. Ich will zunächst einmal mein eigenes Verhalten verantworten!"

"Hm, irgendwie ahne ich was Sie meinen, Kathy," erwiderte Nitzki, "und ich wünsche Ihnen Glück. Haben Sie schon konkrete Pläne?"
"Nun," antwortete Kathy rätselhaft, "Eigenverantwortung schließt ja eine zeitweilige Kooperation mit einem anderen Menschen nicht aus!" Ein wenig dachte sie dabei an Mes Darlon ...

-Ende-

FACTORY
KMASCH
MOEWE WINKLER

Auf dem Strome will ich fahren, von dem Glanze selig blind!

(SF-Story)

„Warum jetzt schon, wir hätten doch noch so viel Zeit?", fragte Wildblume versonnen. Magister zögerte ein wenig und antwortete dann nachdenklich: „Wie immer stellst Du gute Fragen, meine Blume. Es gäbe ja eine Reihe nahe liegender Antworten. Weil wir es können; weil wir neugierig und voll Forscherdrang sind …" Sie wirbelte ein wenig herum und lachte ihn aus. Aber sie schwieg und ließ Magister wieder einmal im Ungewissen, warum sie sich denn so sehr erheiterte. „Du sollst mich nicht immer auslachen, alte Frau!", brummte er gespielt ärgerlich, weil er sich anders nicht zu helfen wusste. Sie grinste. „Ach, komm. Ich bin kaum über 200 Jahre alt, genau wie Du!" Sie sah versonnen auf das Sternenmeer, das durch das riesige, fast halbrunde Panoramafenster ein leichtes, zartes Licht in die Halle warf. „Wir werden einen ganz besonderen Ausblick haben, von hier oben aus der Station." „Ja, das werden wir ganz sicher!", erwiderte er mit einem Leuchten in den Augen.

Die Menschheit war alt. Und sehr enttäuscht. Ihre dokumentierte Geschichtsschreibung reichte mittlerweile nicht mehr nur über Jahrtausende, sondern über zehntausende von Jahren. Mehrfach hatte sie sich selbst an den Rand des Unterganges gebracht, seltsame Jahrhunderte hatten sich aneinander gereiht, in denen Gesellschaftsstrukturen herrschten, die im Nachhinein nur als absolut fremdartig und skurril bezeichnet werden konnten. Doch im Laufe der Jahrtausende hatte sich manches eingependelt. Extreme glichen sich einander an, Vielfalt und Logik fanden zunehmend zueinander. Die Bevölkerungszahl des Sonnensystems lag nun schon seit längerer Zeit bei moderaten 100 Milliarden Menschen und die meisten Menschen begnügten sich mit einer Lebensspanne zwischen 200 und 300 Jahren, ohne diese nochmals mit elektronischem oder androidischem Technikeinsatz künstlich zu verlängern. Der Einzelne genoss ungeahnte Freiheiten und materielle Not war unbekannt. Doch die Menschheit war allein.

„Warum hast Du für uns eigentlich die Venus vorgeschlagen?", frug sie, „Nur mir zuliebe, weil ich dort einmal einige Jahrzehnte gelebt habe und sie sehr mag?" Magister zögerte kurz und sah etwas verlegen zu Boden. „Na, ja – ehrlich gesagt schon deswegen, hauptsächlich.", gab er dann zu. „Allerdings-" er blickte sie schelmisch aus den Augenwinkeln an, „gibt es da auch noch eine gewisse uralte Mythologie hinsichtlich des Namens der Venus …" „So, so - Mythologie." Wildblume blickte ihn etwas skeptisch und gespielt streng an. „Davon wirst Du mir später mehr erzählen!"

Stets nur zeitweilig unterbrochen durch dunkle Zeitalter hatte die Wissenschaft ungeheure Fortschritte gemacht. In allen Bereichen. Oder doch in fast allen. Jahrhunderte, fast schon Jahrtausende hatte man sich nicht damit abfinden können, an eine Grenze gestoßen zu sein. Als sich die Erkenntnis durchsetzte, dass sie tatsächlich bestand und nicht nieder zu reißen war, ergriff zuerst die Wissenschaftler, später fast die gesamte Menschheit eine Art Schock, eine nahezu lähmende Depression. Die Lösung dieses Problems war seit Urzeiten für die nahe Zukunft voraus gesagt worden, verschiedene Ansätze boten sich scheinbar willfährig an. Doch es gab keinen Weg. Die Lichtgeschwindigkeit war nicht überschreitbar. Interstellare oder gar intergalaktische Raumfahrt würde auf immer unmöglich sein.

Die gewaltige Raumstation umschwebte mit vielen anderen, recht ähnlichen die Venus, ganz so wie es viele weitere auf der Umlaufbahn um sämtliche Planeten des Systems taten. Lediglich im Kuipergürtel, außerhalb der Neptunbahn suchte man sie vergeblich. „Werden wir das Licht nicht vermissen?", frug Wildblume und blickte einen kurzen Moment etwas irritiert und fast ängstlich drein. „Doch – das werden wir. Aber wir haben den Glanz der Sterne, der uns leiten wird. Auf diesem Strome werden wir fahren!"

Einige Generationen lang versuchte man, das Problem zu verdrängen, die Frustration zu ignorieren, sich schlicht auf andere Dinge zu konzentrieren. Der Ausbau aller Planeten des

Sonnensystems schritt zügig voran, zumeist anhand von Terraforming – Projekten, jedoch wurde auch eifrig mit anderen Ansätzen experimentiert. Von Merkur bis Neptun, die Monde, viele Asteroiden – und einige machten sich sogar auf die weite Reise in die Oortsche Wolke, um dort zu siedeln. Immer wieder einmal gab es auch Phasen, in denen manchmal ganze Flotten von Generationenschiffen sich auf den Weg ins All machten, um so doch noch Gebiete außerhalb des Systems zu erforschen. Auch mit „Schläferschiffen", in denen Passagiere in suspendierter Animation ruhten, versuchte man sein Glück. Doch dies betraf insgesamt nur einige hunderttausend Menschen und selten hörte man nach langer Zeit einmal auf irgendeine Weise wieder von ihnen - und wenn dann selten mehr als einen kurzen Gruß.

Magister und Wildblume nahmen überrascht das Signal wahr. „Wir wollten doch nicht gestört werden. Aber ich sehe, es ist von höchster Wichtigkeit und speziell an mich gerichtet." Magister hob leicht den Kopf und sagte: „Sprich, Gehirn!" „Guten Tag, hier spricht Erwin persönlich. Magister – habe ich eigentlich jemals erwähnt, dass ich den individuell von Dir an mich vergebenen Namen höchst profan und albern finde? Für ein quantenelektronisches Gehirn, das mit dem gesamten Solarsystem verknüpft ist, meine ich jetzt?" „Hast Du. Eben zum exakt 126ten Male. Aber Heute ist mir nicht nach Scherzen. Was gibt es, Gehirn?" „Gut." Erwin wurde sachlich. „Es ist so, dass etliche aus der Bevölkerung die Idee hatten, es solle doch eine einzelne Person den konkreten Startbefehl geben, sozusagen. Statt eines automatischen countdowns. Ich habe dann rumgefragt. Ihr hattet die Anfrage auch vorhin, aber ihr wolltet ja von Dingen dieser Prioritätsstufe nicht gestört werden. Die klare Mehrheit aller die abgestimmt haben, war dafür!" „Gut.", sagte Magister knapp. „Dann soll das so sein, keine schlechte Idee, das hat etwas persönliches. War es das dann?" „Hm, nein." Erwin schien kurz zu zögern. „Es ist so – ich habe das dann wie immer bei solchen Sachen per Zufallsgenerator ausgelost …" „Und?" „Na ja. DU bist derjenige, Magister. Du bestimmst, wann es losgeht." Magister wurde etwas blass, musste sich sammeln und atmete einmal kräftig durch. „Oh. Das … - ist doch statistisch völlig unwahrscheinlich.", brachte er hervor. „Wem sagst Du das!", erwiderte Erwin. „Aber. Nun ja. EINEN musste es halt eben treffen." Magister fasste sich relativ schnell. „Erwin", frug er, „in diesem besonderen Fall habe ich das Recht, selbst eine Abstimmung zu fordern, die mit der Thematik unmittelbar zu tun hat?" Erwin zögerte nicht. „Hast Du, ganz klar! In diesem Fall hier auch als Einzelperson." „Gut, denn, Erwin. So frage die Bevölkerung des solaren Systems bitte folgendes: Ist die Gemeinschaft damit einverstanden, wenn Magister sein Recht und seine Pflicht das Signal zum Aufbruch zu geben abtritt an die Frau, die er liebt, an Wildblume?" „Sofern sie dies annimmt, natürlich.", fügte er hinzu. „Wird gemacht!", verkündete Erwin. „Die Zeit läuft, die üblichen 15 Minuten. Ich bitte um Geduld."

Neugier und Forschungsdrang der Menschheit waren tatsächlich unverändert groß – doch auch eine gewisse Hartnäckigkeit, die das Problem des „im System gefangen seins" nicht wirklich zu den Akten legen konnte, behielt ihren Platz in den Herzen der Menschen. Die Möglichkeiten der Technik wuchsen und wuchsen immer weiter an. Und eines Tages lag die „Umgehungslösung" schlicht auf der Hand. Einzelne Schiffe auszusenden befriedigte nicht wirklich. Die Kränkung durch die Naturgesetze, die Menschheit an nur ein einziges, kleines Sonnensystem unbarmherzig zu fesseln, war groß. Nicht zu Unrecht vertraten die Verfechter der Idee, die nun auf dem Tisch lag die Ansicht, dass diese Maßnahme ohnehin würde stattfinden MÜSSEN – wenn auch zwingend erst in „nicht wirklich naher Zukunft". Dieses rationale Argument allein hätte also ganz sicher bei der Abstimmung nicht genügt. Aber dann war da halt eben noch diese Sache mit der Sehnsucht nach dem Unbekannten, mit der Neugier – und der Sturheit. Die Menschheit entschied sich fast einstimmig.

„Die Abstimmung ist beendet!", ließ sich Erwin nach einiger Zeit vernehmen. Da niemand etwas sagte, fuhr er fort. „Eine sehr große Mehrheit ist mit der Abtretung an Wildblume einverstanden. Darf ich persönlich hinzufügen, dass auch ich dies für eine wirklich rührende Geste halte?" „Nein.", beschied ihm Magister knapp, aber seine Stimme klang nicht wirklich unfreundlich dabei. Erwin gab ein Geräusch von sich, das einem menschlichen Räuspern sehr ähnlich klang. „Gut. Nimmst Du an, Wildblume?" Sie nickte stumm. Eine Zeitlang herrschte Stille, Magister und Wildblume sahen einander tief in die Augen. Mit einfühlsamer Stimme meldete sich nach einiger Zeit das Gehirn. „Wildblume … alles ist vorbereitet. Alle sind bereit. … Soll es beginnen?" Sie griff nach Magisters Hand und erhob ihr Gesicht zu den Sternen. „JA!"

Ein wahrlich majestätischer Anblick bot sich nun im gesamten System. Kleine Kunstsonnen über allen Planeten wurden gezündet, glommen vorerst aber nur matt. Planetenumspannende Schutzschirme schlossen sich schützend um Atmosphären. Und dann – machte die Menschheit sich auf den Weg. Mit den größten Raumschiffen, die denkbar waren – den Planeten ihres Sonnensystems, die nun in acht Richtungen des Kosmos davon strebten.
Einige hundert Millionen Menschen hatten es vorgezogen, im heimatlichen System zu bleiben. Sie hatten sich auf den Asteroiden des Kuipergürtels gesammelt und auf einigen Monden, die man ihnen gern zurück ließ. Diese „Sol-Treuen" hatten sich noch ein kleines Abschiedsgeschenk an die Aufbrechenden überlegt, ein farbenprächtiges Lichtspiel und Feuerwerk, das die Scheidenden ein letztes Mal grüßte.

„Unser erstes Ziel, Magister?"
„51 Pegasi im Sternbild Pegasus, 50 Lichtjahre von hier. Du weißt es doch."
„Stimmt. Das ist unser erstes Ziel. Aber ganz sicher nicht das letzte für das Planetenschiff Venus!", lächelte sie.

* * *

EXPANSION
(SF-short-story von BukTom Bloch)

"Nun ist es bald so weit", sagte Thoküp versonnen und zwei seiner Arme
fluktuierten grünlich im Abendschein.
"Ja.", erwiderte Zauri, "Irgendwie ist es ja doch aufregend. Aber vor allem
macht es uns zufrieden, das ist ein gutes Gefühl."
Auch zwei ihrer Arme funkelten nun sanft, Eintracht mit Thoküp
signalisierend.

Das Volk der Secolis stand in gewisser Weise am Ende seines Weges. Was
aber niemanden betrübte oder gar beunruhigte, eher wurde dies als eine
natürliche Vollendung wahrgenommen.
Der Zyklus der Sonne ihres Hauptsystems würde einen Sprung machen.
Groß war überall die Freude, als sich die Zeichen und Messungen mehrten,
dass sie wie erwartet tatsächlich zur Supernova werden würde. Dies gab dem
sehr alten Volk eine grandiose Chance.
Als die Entwicklung als wirklich sicher galt und der Prozess auch bereits in
Gang geriet, kehrten fast alle Secolis von den zahlreichen Kolonialwelten
zurück ins Heimatsystem. Sie lösten damit bei vielen Völkern anderen
Ursprungs Trauer und Bedauern aus, denn die Secolis waren beliebte
Partner, ruhig, abgeklärt, freundlich und kreativ.
Verständnis gab es aber allerorten dennoch. Völker die noch nicht um die
Gesetze des Lebens wussten, wurden spätestens zu diesem Zeitpunkt
eingeweiht in die modernen Erkenntnisse der Astrophysik (die den Secolis
selbst freilich schon sehr lange bekannt waren). Danach verstand jeder,
worum es wirklich ging.

"Was wohl alles aus uns werden wird?", führte Thoküp den Dialog fort und
strich mit einigen Armen behutsam über das Glas der Beobachtungskuppel.
Zauri ließ alle ihre Augen freudig pulsieren. "Eine Menge! Da bin ich ganz
sicher. Wir haben uns mathematisch fast exakt im System verteilt.
Gleichmäßiger könnten es die Großen Denker von Elgoog nicht berechnen!
Das erhöht die Chancen, dass wir vergleichsweise viel und das relativ schnell
erreichen, ganz deutlich."
Thoküp kreiste dazu zustimmend mit dem Kopf.

Die Sonne, das gesamte System würde in einer Ehrfurcht gebietenden
Explosion aufgelöst und ins Universum hinaus getragen werden, weit, sehr
weit über die Scorpius-Centaurus-Assoziation hinaus. Bis auf einen kleinen
Rest der ursprünglichen Sonne natürlich.
Die Secolis lebten schon sehr lange in diesem System, eine Million Jahre
sicherlich, und sahen es als ihre Heimat an. Entwickelt hatten sie sich hier
freilich wohl nicht, dazu war die kosmische Lebensdauer solcher Systeme
schlicht zu kurz. Doch die Anfänge lagen im historischen Dunkel. Selbst ihr

Volk hatte archaische Zeitalter gekannt.

Zauri nahm den Faden wieder auf: "Ja, es ist nun jeden Moment so weit. Es ist schön, dass wir diesen Augenblick zusammen erleben!" Und nun fluktuierten und funkelten ALLE ihre Arme. "Dann kann es ja losgehen, mit unserer Expansion!"
Thoküp stutzte ein wenig und erwiderte amüsiert: "Ja, das ist wirklich schön! Aber: `Expansion`? Das klingt ja fast wie etwas aus den archaischen Zeitaltern!"
"Genau.", entgegnete seine Begleiterin belustigt, "Wir erobern und vereinnahmen das Weltall! Barbarisch und dumm, wie in den uralten Zeiten, als die Secolis sich auf den planetarischen Inseln bekriegten oder aus Gründen wie `unterschiedliches Farbflimmern der Arme` - dies säuberlich nach Gruppen aufgeteilt - die Pseudopodien versohlten und so weiter!"
Eine Sekunde herrschte Stille.
Dann brachen beide in ein lautes und lang anhaltendes Gelächter aus.
...in das hinein sich die Sonne endgültig wandelte und als Supernova erstrahlte.

Was nun geschah, hatten die Secolis schon vor langer Zeit durch andere, noch wesentlich ältere Völker erfahren und ihre eigenen Forschungen hatten es bestätigt.
Das kosmische Material von Supernovae verteilte sich im All, traf auf andere Systeme und beeinflusste diese. Da, wo es noch kein Leben gab, war es geeignet, diesen Entstehungsprozess in Gang zu setzen.
Und, noch wunderbarer, dort wo es bereits erstes Leben gab, wurde oftmals der erste Anstoß zur Entwicklung von Intelligenz, von Bewußtsein gegeben.
Das älteste Volk, das die Secolis je kennengelernt hatten, waren die Etaner. Diese hatten ihnen glaubwürdig versichert, in dem neu entstehenden Bewusstsein auf anderen Welten seien klare Bezüge zu den Eigenschaften der jeweiligen Bewohner von Supernovasystemen zu finden gewesen, sofern es in diesen solche gab. Das habe sich immer wieder bestätigt, im Laufe sehr vieler Jahrmillionen.
Und dies, dies war eine Art der "Expansion", der sich die Secolis gern zur Verfügung stellten ...

Auch das so genannte Solsystem hielt sich übrigens vor 2,7 Millionen Jahre für längere Zeit in den Resten der Secoli-Supernova aus dem Sternverband Scorpius-Centaurus OB auf.
Ein Umstand, der sich heute allerdings nur noch anhand der eigentümlichen Konzentration von Fe-60 in Ketten von Magnetit-Nanokristallen weniger in Ozeansedimenten lebender, eisenliebender Bakterien nachweisen lässt ...

(*BTB*, 2016)

SEKTOR I.

Science Fiction

Beta
(Drei SF-Lyriktexte)

INTRO

Oh, je!
Jetzt auch noch Lyrik / Gedichte ...
Das muss man wohl komplett unter "Jugendsünden" abheften.
Die Leser*innen entscheiden!
:-)
Immerhin sind es nur drei.

+ Abenteuer

+ Die KI

+ Panta rhei

Trotz allem ist mir der Gedanke, mit der "KI" einem anderen Gedicht von
einem weit, weit besseren Dichter als mir eine moderne Referenz erwiesen
zu haben, doch durchaus angenehm.

Und in "Panta rhei" handele ich immerhin die Geschichte der Menscheit - vom
Entstehen des Sonnensystems bis zu ihrem Ende hin - komplett in 16 Zeilen
ab. Und das auch noch mit Endreim!

(SF-Lyrik / SF-Lyrik-Umdichtung)

Abenteuer

Fast zu lange schon
schwebtest Du im Nichts
unterwegs
durch die Untiefen
von Zeit und Raum,
verloren
in der Unbegrenztheit
Deines Kosmos,
einsam
in der Schwärze
der Unendlichkeit.

Gingst durch Nova-helle Gluten
höllenheiß,
Schwerkraft presste
- fast für immer -
Dich zu Boden,
die Kälte leeren Raumes
ließ Dich schon zu Eis erstarren.

Beinahe
wärest Du
im Strom der Zeit ertrunken.

Doch magisch zog Dich endlich
ein warmer Schimmer an.

Und Du fandest andere Wesen.

Dein Weg
kann niemals enden
und sein Ziel
bist
- Du!

B.Tomm-Bub

Die KI

Im Minsky-Park, MIT

Ihr Sensor ist vom Fluss der Datenströme
So erodiert, dass er nur wenig noch fixiert
Ihr ist, als ob`s Millionen Daten nur noch gäbe
Und keine virtuelle Welt mehr wirklich existiert.

Der schnelle Strom der relevanten Inputs,
rotiert ums Engste um die CPU,
ist wie ein Wirbel ohne echte outputs,
wie stromlos wirkt Register und ALU.

Nur manchmal öffnet sphärisch sich ein Objektiv,
klickt leise nur, und speichert ab ein Bild,
es transmittiert dann in den Rechner tief,
- "delete" der letzte string, der dann noch gilt!

(RAM R6111902, 11.06.2091, Venus-base F)

Panta rhei

Nova-helle Gluten wallen
durch des Alles Nacht.
Zu Welten sich die Nebel ballen
mit gewalt`ger Macht.

Kometen ziehen ihre Kreise
in dunk`ler Einsamkeit.
Es ist noch eine weite Reise

- bis Leben macht sich breit.

Aus der Planeten Staub erhebt
sich endlich erstes Leben,
das bald dann auch zu Höh`rem strebt,
statt an der Erde fest zu kleben.

Doch alles irdische wurd` wieder nichtig,
der Mensch - er wurde wieder Staub.
Allein der ew`ge Wandel - er bleibt wichtig,
wird nicht der Ewigkeiten Raub!

B. Tomm

SEKTOR I.

Science Fiction

Gamma
(Eine SF-Rezension)

INTRO Rezension "Planet des Ungehorsams"

Doch nun zu etwas (nicht völlig) anderem.
Einer SF-Rezension.
Dies schlicht und einfach deshalb, weil mir das betreffende Büchlein
sehr wichtig ist.
Vom Alter her und stilistisch mag der Text den Jugensünden zurechenbar sein.
Inhaltlich stehe ich aber nach wie vor vollständig dazu!

Planet des Ungehorsams

Autor: ?, "verlag neues leben", Berlin, 1975, ca. 98 Seiten,
3,-DM

Science-Fiction muss nicht nur Unterhaltung sein!
Der Entwurf von gesellschaftlichen Gegenmodellen darf und kann einen Platz in diesem Genre haben.
Gehen dementsprechende Versuche schlecht aus, so haben wir ein trockenes Elaborat,
möglichst noch mit wenig Handlung, welches höchstens eine kleine Gruppe
"Hochintellektueller" interessiert. Ist der jeweilige Roman aber lesbar, handelt er sich schnell
das Urteil ein, oberflächlich und "spinnert" zu sein.
Nun, "Planet des Ungehorsams" ist nicht nur lesbar, sondern sogar höchst amüsant!
Ob dies aber zugleich Oberflächlichkeit bedeutet, darf bezweifelt werden!

Zur Handlung:
Seit einigen Jahrhunderten hat ein Kolonialplanet keinen Kontakt mehr mit der Erde.
Schließlich nähert sich doch wieder ein Raumschiff, es ist bemannt mit hunderten von
Raumsoldaten und dem dazu gehörenden hierarchisch-bürokratischem "Wasserkopf".
Unser Planet hat sich nun aber ganz anders entwickelt als die "gute (?) alte Erde"!
Das fängt schon damit an, dass man vergeblich die Hauptstadt sucht, Bürgermeister oder
 andere "Repräsentanten" des Planeten sucht man später ebenso vergeblich ...
Doch es soll nicht zuviel verraten sein.
Dieser Roman ist ganz einfach ein MUSS für folgende Personengruppen:
Science-Fiction-Freaks, Anarchisten, Pazifisten und: für Leute die sich ganz einfach
königlich amüsieren möchten, ohne "unter Niveau" gehen zu müssen!
Kann wärmstens empfohlen werden!

P.S.:
Der Roman ist auch noch in anderer Aufmachung erschienen,
auch gab sich der Autor irgendwann einmal zu erkennen (*).
Die Schrift sollte also auch heute noch - irgendwie - beschaffbar sein.
(In der vorliegenden Form sind noch einige Kommentare - von W.Reich, Mahatma Ghandi,
etc. zum Thema abgedruckt, nebst Adressen "gewaltfreier Gruppen"!)

((Aktualisierung: * = Eric Frank Rusell))

(BUK)

FOOD

SEKTOR II.
Fantasy

Diese zwei Geschichten sind im weiteren Sinne der Fantasy zurechenbar.

Die ältere, "Der Ruf", entstand seinerzeit aufgrund der Idee des
Herausgebers eines SF/F-Fanmagazines. Vorgabe war aber lediglich, dass
die Story grundsätzlich einige Jahrzehnte vor der Jetztzeit spielen sollte.

Baumgeäst gen Himmel gewandt habe ich schon immer gern fotografiert.
Eine seltsame Faszination geht für mich von diesem Anblick aus.

Nazim Hikmet sagt:
Leben wie ein Baum, einzeln und frei
doch brüderlich wie ein Wald,
das ist unsere Sehnsucht.

Die Umsetzung von Musik in Bewegung, geregelt und / oder instinktiv, halte
ich für sehr wichtig. Dies bringt uns mit tiefen, grundlegenden Schichten
unseres Selbst in Berührung.

Es gibt eine mir persönlich bekannte Wesenheit, die beides ebenso schätzt.
Auch für sie ist die kleine Erzählung "Traum der Bäume" entstanden.

Der Ruf

(Fantasy-Story)

Es ist nun an der Zeit, Ihnen meinen gleich folgenden Bericht zur Kenntnis zu geben. Sie können davon ausgehen, dass sich alles tatsächlich so abgespielt hat. Obwohl Sie mit Sicherheit an einem bestimmten Punkt sagen werden: "Das kann sich ja damals gar nicht ereignet haben, weil ...!" Warum es doch so gewesen sein kann, werde ich Ihnen im Anschluss an meinen Bericht erklären. Auch hoffe ich, dass Sie Verständnis dafür haben werden, dass ich Ihnen nicht sagen darf, aus welcher Quelle meine Informationen stammen! Lassen Sie mich beginnen:

****

Im Süden des Transhimalaya liegt der 6638 Meter hohe heilige Berg Kailash, auf tibetanisch auch Kangrinpotsche genannt. Er gilt als Symbol des Gottes Shiva und ist ein beliebtes Pilgerziel. Doch existiert auf diesem Berg ein geheimes, versteckt liegendes Kloster, von dem nur die wenigsten wissen. Dort fand das folgende Gespräch zwischen Yamaprana - der sozusagen der Abt des Klosters war - und seinem gelehrigsten Schüler Savitra statt: "Savitra, wir müssen Ischwara, unseren höchsten Herren, wir müssen Shiva selbst nun zu uns rufen. Er soll sich uns in menschlicher Gestalt zeigen, damit er die Kraft unserer Seelen erneuert, mit der wir dann auch andere auf den Weg der Erkenntnis bringen können." Minutenlang schwieg Savitra und sann über die Worte des Meisters nach, bis er ihre Wahrheit in sich fühlte. Er antwortete: "Wie, Meister, soll dies geschehen?" Und Yamaprana sprach: "Rufe alle Mönche zur Meditation herbei. Unserem gemeinsamen Ruf wird sich Shiva nicht verschließen können!" So erhob sich Savitra, die Mönche zu rufen.

****

Berlin, den 03.01.1925. Viele Berliner machten sich an diesem Wochenende, angesichts des milden Winterwetters auf in die Tanzcafes. Auch das Café "Schümer" in der Leopoldstrasse war an diesem Samstag recht gut frequentiert. Es schien für die Besucher ein zwar amüsanter, keineswegs aber ungewöhnlicher Abend werden zu wollen.

****

Die fünfzig Mönche des Klosters hatten sich bereits um Yamaprana und Savitra im Meditationssaal versammelt.
Yamaprana sprach zu ihnen: "Lasst uns nun gemeinsam in der Meditation den Nataraja rufen - Shiva selbst, dessen Tanz die Welt erhält! Auf dass wir erneut von ihm lernen mögen!" Und die Mönche versanken in tiefstes Schweigen und taten wie ihnen geheißen.

****

Ein Teil seiner selbst war überwältigt von der Fremdartigkeit seiner Umgebung. Dennoch reagierte er instinktiv richtig. Blitzartig nahm er wahr, dass sein plötzliches Auftauchen unbemerkt geblieben war. Ein seltsamer Effekt, der aber kurzfristig zunächst immer auftrat, wenn er erschien. Auch seine Gestalt und seine Kleidung waren, wie immer, seiner Umgebung angepasst. Eine Besonderheit war die Anwesenheit von Parvati, seiner Gattin. Doch auch dies fand seine Erklärung in den Erfordernissen des Ortes seines Erscheinens. Denn auch die Menschen um sie herum tanzten in Paaren. Was er noch nicht wusste, war, dass das Ende der Tanzveranstaltung im Café "Schümer" kurz bevorstand.

****

Ein leichter Ruck ging durch die Körper der Mönche. Nach einer Weile wandte sich Savitra zu Yamaprana: "Meister, ich fürchte wir haben einen Fehler gemacht."
"Ja," antwortete dieser, "Shiva ist erschienen, doch nicht hier, nicht vor unseren Augen!"
"Was wird nun geschehen, Meister?", frug Savitra.
"Nun, Shiva wird tanzen," erwiderte der Meister, "nach der in den alten Schriften genannten Zeitspanne wird er in seine Welt zurückkehren. Leider ohne dass wir unsere Seelen kräftigen durften, durch den Anblick seines Tanzes!"
"Wo immer er auch erschienen sein mag, niemand wird wohl den Tanz des Gottes zu stören wagen!", fügte er hinzu.

****

Die Kapelle war verstummt und der Geschäftsführer des Cafés wandte sich an die noch Anwesenden: "Geehrte Herrschaften, wir danken für Ihren Besuch! Leider müssen wir jetzt schließen. Ich wünsche Ihnen einen guten Heimweg! Auf Wiedersehen." Er wandte sich zur Seite: "Auch die beiden Herrschaften, die dort immer noch, selbst ohne Musik - ha, ha - dem Tanzvergnügen nachgehen, möchte ich jetzt doch sehr bitten ...!" Es erfolgte jedoch keine Reaktion. Nur ein Satz, in einem seltsamen Singsang, drang zu ihm herüber: "Noch ist die Zeit nicht um, die verstreichen muss!" Einige der jungen Damen kicherten nun und spöttische Bemerkungen wurden gemacht. Einem der jungen Männer schien dies eine vortreffliche Gelegenheit seinem Mädchen zu imponieren. Er ging auf das tanzende Paar zu und sagte: "Na, jetzt beruhigt euch mal. Hier ist für heute Feierabend, das seht ihr doch!" Als keine Reaktion erfolgte, setzte er hinzu: "He, ick sprech' mit Dir, Männeken!" und berührte den Mann an der Schulter. Da das Paar jedoch nicht aufhörte zu tanzen, wurde er nun unabsichtlich, aber unsanft angerempelt. Das aber war ihm zuviel! Er riss den Mann herum und schlug zu.

****

"Was aber, Meister, würde geschehen, wenn doch jemand Shivas Tanz störte?", frug Savitra. Yamaprana aber lächelte und sprach: "Gib Dir die Antwort selbst, Savitra! Du weißt: SHIVAS TANZ ERHÄLT DIE WELT!"
****

Shivas Natur war sicher göttlich, seine Inkarnation aber durchaus menschlich! Durch den Schlag des jungen Mannes gefällt, stürzte er schwer zu Boden und verlor die Besinnung. Der Tanz hatte ein Ende! Und die WELT versank im Nichts und verging ...

****

Soweit mein Bericht. Je nachdem WO und WANN Sie sich befinden, mögen Sie nun einwenden, das Jahr 1925 sei doch schon längst vorbei und die Welt sei damals eben nicht untergegangen. Nun, viel darf ich darüber nicht sagen, aber Sie haben sicher schon von Parallelwelten gehört, oder auch vom Kreislauf der Zeit, einem Kreislauf, der ja nicht immer exakt denselben Durchmesser haben muss! Und sicher gibt es auch dort wo SIE sich gerade befinden, Mönche und Tanzcafes, oder etwas so ähnliches. Vielleicht achten Sie bei Ihrem nächsten Besuch, da oder dort, einmal auf ungewöhnliche Vorkommnisse! Eigentlich darf ich Ihnen auch nicht sagen, warum Sie meinen Bericht gerade JETZT in Händen halten... Aber ich würde Ihnen empfehlen: Nutzen Sie Ihre Zeit gut!!

- ENDE -

Traum der Bäume (Fantasy)

Und es kam der Augenblick, in dem die Schöpfung die Bäume ins Dasein entließ. Und den Bäumen wurde gewahr, dass sie existierten und sie spürten ihre Kraft, die Kraft des Lebens. Und sie waren groß und kräftig und reckten ihre Äste in verschiedene Richtungen des Himmels. Doch schon bald begannen sie zu träumen, eine tiefe Sehnsucht erfasste sie. Ihr Traum war es zu tanzen, zu tanzen so wie die Menschen, die später kommen würden, es können. Und die Schöpfung wurde dessen gewahr und sprach zu ihnen. "Ihr seid groß und seid stark. Dies mag ich Euch nicht nehmen. Ihr seid standhaft und verbunden mit der Mutter Erde. Dies ist so wichtig - auch dessen mag ich Euch nicht berauben." Und die Schöpfung sann eine Weile nach. "Wenn die Sehnsucht zu tanzen in Euch ist - so müsst ihr dies auch tun. Doch Euer Gefühl für die Zeit ist ein anderes, als das der Menschen, die später kommen werden. Vielfältig sollt ihr sein. Alle verwurzelt der Mutter, doch einige stärker, einige biegsamer in der Musik des Windes und des Lebens. Verschiedener Art und Farbe und Größe, doch alle von einem Stamm. Euer Kleid soll wechseln im Laufe der so unterschiedlichen Zeiten, die ein Jahr, die ein Leben mit sich bringt. Eure Äste und Zweige sollen wie ein Mosaik, wie ein Labyrinth, wie ein wunderbares Muster hinauf in den Himmel streben. Und alle Wesen, die die Musik in sich spüren und den Tanz des Lebens wirklich tanzen - sie werden Euren Traum und Eure Sehnsucht darin sehen und erkennen. Dort wird ihr Blick ihn finden - den Tanz der Bäume!" So sprach die Schöpfung - und sie fügte hinzu: "Das ist das Geschenk, das ich Euch machen kann: die Fähigkeit all` dies nicht nur zu erträumen und zu ersehnen - sondern auch zu tun! Nun ist es an Euch. Tanzt! Wachst in diesem Tanze Lebt ...!"

- Sektor III CYBERSPACE
- 0_INTRO
- 1Die Frau des Zauberers
- 2Traum von Amazonien
- Cyber_Lyrik_3
- Cyber_Philosophie_2
- CyberGlossen_2

INTRO: CYBERSPACE

"Cyberspace (englisch cyber als Kurzform für „Kybernetik", space „Raum, Weltall": kybernetischer Raum, Kyberraum) bezeichnet im engeren Sinne eine konkrete virtuelle Welt oder Realität („Scheinwelt"), im erweiterten Sinne die Gesamtheit mittels Computern erzeugter räumlich anmutender oder ausgestalteter Bedienungs-, Arbeits-, Kommunikations- und Erlebnisumgebungen. In der verallgemeinernden Bedeutung als Datenraum umfasst der Cyberspace das ganze Internet. Die Sozialwissenschaften verstehen den Cyberspace weitergehend als „computermedial erzeugten Sinnhorizont" und als Teil der Cybergesellschaft (siehe auch Cyberanthropologie)." *(wikipedia)*

Insbesondere aktiv bin ich im cyberspace in der Welt Second Life.

"**Second Life** (deutsch: zweites Leben, abgekürzt „SL") ist eine seit 2003 verfügbare Online-3D-Infrastruktur für von Benutzern gestaltete virtuelle Welten, in der Menschen durch Avatare interagieren, spielen, Handel betreiben und anderweitig kommunizieren können." *(wikipedia)*

Diese Definition ist knapp und unvollständig.
Speziell im deutschsprachigen Raum gibt es nach wie vor eine differenzierte Literaturszene, Lesungen, Kunst, virtuelle Installationen und ähnliches. Auch die "charity" hat hier ihren Platz.
Als eindrucksvolles Beispiel für literarische Aktivitäten ist die Gruppe "Brennende Buchstaben" zu nennen.
BukTom Bloch betreibt die unkommerzielle, deutschsprachige
Freie Bibliothek Pegasus.

Und das ist ihr Credo:

**FREIE BIBLIOTHEK PEGASUS
CREDO**

***PEGASUS -
Freie Bücher für alle Welten!***

Ich bin nicht der Meinung,
dass der Cyberspace mich unbedingt braucht.
Ich bin nicht einmal der Meinung,
dass er Pegasus zwingend benötigt.

Aber einer Tatsache bin ich gewiss.
Das Leben braucht Bücher.
Braucht Literatur.

Das sind nur Worte.
Aber eben Worte brauchen wir!
Bücher und Literatur können verschieden aussehen.

Vor tausenden von Jahren entstand die Sprache.
Zuerst waren es "mündliche Bücher" -
am Lagerfeuer, in den Höhlen, ...
erzählte man sie anderen Menschen,
die Geschichten, gab etwas weiter an sie.

Vielleicht warf einmal, während so einer Geschichte,
ein Urmensch einen Knochen in die Luft,
um sein "mündliches Buch" zu illustrieren.
Und ein paar tausend Jahre später -
flogen ähnlich aussehende Raumschiffe durchs Weltall.
Auch durch das virtuelle All,
auch durch den Kosmos des Cyberspace ...!

Das web 2.0, das web 3D braucht sie.
Die Märchen, Lieder und Gedichte,
die Erfahrungen, Gefühle, Ängste und Hoffnungen -
die Menschen aufschreiben und uns anbieten.
Sei es mit dem Faustkeil eingeritzt,
oder in Form elektronischer Abbilder.

Bücher sind Freunde,
Bücher sind Lehrer!

Es sind doch nur Worte, ja ...

Aus Worten können Gedanken werden.
Aus Gedanken Gefühle.
Und Gefühle ....
- Gefühle BEWEGEN etwas !

Dessen bin ich gewiss!

Ich würde mich sehr freuen,
wenn Pegasus Nachahmer findet.
Menschen die es besser und klüger anfangen
als ich es kann.

Aber ich würde mich auch sehr freuen,
wenn "zumindest" viele, viele Bücher
mitgenommen würden. Und ich bitte:
lasst sie, wie sie sind! "full perm" und "free"!
Tragt sie weiter,
die "verbal-virtuelle Fackel"!
Manche Dinge werden mehr,
-wenn man sie teilt ...!

PEGASUS - Freie Bücher für alle Welten - ...
wird seinen Weg weiter gehen !

Viel mehr -
habe ich eigentlich nicht zu sagen.
Doch eines noch:
Seid im Cyberspace auch eingedenk der wohltätigen Gruppen.
Die Menschen helfen, denen es schlechter geht als uns.
Die ihnen die Hand reichen und Hilfe zur Selbsthilfe vermitteln.
Sucht sie, unterstützt sie - und gründet sie, wenn nötig, selbst!

Ich danke Euch.

MfG
BukTom Bloch
aka
Burkhard Tomm-Bub, M.A.

INTRO

Story *"Die Frau des Zauberers"* (Alpha 1)
Eine Geschichte, die ich 2008 in Second Life schrieb. Nicht wenige Teile der
Story hatte ich übrigens zuvor dort tatsächlich so erlebt. Ich habe die
Handlung dann nur noch ein wenig weiter gesponnen ...
Zufällig (?) fand just in dieser Zeit auch ein Geschichten-Wettbewerb des
sehr guten SL-Magazins "TOUCH" statt. Und ich gewann dort dann damit
den zweiten Preis. :-)

Story *"Traum von Amazonien"* (Alpha 2)
Second Life (SL) ist kein Spiel. Es ist eine Welt. Geschaffen allein von den
Bewohner*innen. Allerdings gibt es INNERHALB von SL durchaus einige
Spiele. Genau wie in dem Leben, das wir das reale nennen.
Zum Beispiel Rollenspiele wie die der Elfen -und der Amazonen.
Diesen ist die zweite Geschichte gewidtmet.

Cyber-Lyrik (Beta)
Ave Ava
SL-Elfen
No Sense on the SIM?

Die Texte muss man wohl alle den Jugendsünden zurechnen. Wobei mir
die kleine Huldigung an die Elfen aber eigentlich schon irgendwie gefällt.

Cyber-Philosophie: zwei Statements (Gamma)
 Zwei eher heitere Stücke.
Oder steckt doch ein Kern echten Nachdenkens mit darin?

Cyber-Glossen (Delta)
Anna Aufbrezel
Ludwig Latte

Im realen Leben gibt es ja schrille Konsumsüchtige, die dem Oberflächlichen
mehr als verhaftet sind.
Und angeberische Materialisten, für die nur Äußerlichkeiten zählen.
In der viel besseren Welt von SL gibt es die natürlich nicht!
Oder, na ja. Vielleicht ein oder zwei ... :-)
Diese Glossen sind schon einige Jahre alt, bestimmt hat sich da ja jetzt
auch noch vieles gebessert!

Die Frau des Zauberers

(SL-Cybermärchen)

Ich war noch neu in dieser Welt, ganz wenige Wochen alt und hatte doch schon
manches erlebt. Schönes und absonderliches, trauriges und amüsantes. Das Leben im
Cyberland von SL hatte mir wahrlich schon einiges an Selbst- und Fremderfahrung
vermittelt, womit ich zuvor nicht gerechnet hatte ... Eines Tages war ich mit meinem eher
zierlichen Avatar mit der lila Haut, dem grünen Hemd und den orangenen Haaren ganz
hoch auf einen Brückenpfosten in Frankfurt-SL hinaufgeflogen. Nun saß ich hier und ließ
meine großen Frauenaugen (die hatten mir einfach besser gefallen als männliche) über
die virtuellen Dächer und Straßen streifen und genoss die Weitsicht und die Einsamkeit
hier oben.

Einige Zeit später aber war mir dann wieder mehr nach Erforschungen und nach
umgänglichen und interessanten Menschen zumute und so klappte ich meine große
Karte auf und schaute nach, ob irgendwo ein oder zwei vereinzelte grüne Punkte
angezeigt wurden, um dann dort hin zu teleportieren. Diese Vorgehensweise hatte sich
schon mehrfach bewährt: so kam ich auch einmal in ungewohnten Gegenden herum und
wenn sich wirklich ein angenehmes Gespräch ergab, dann hatte man mehr Ruhe als an
den belebten Plätzen ... Nach einem eher erfolglosen Versuch beschloß ich, nicht ins
Informationscentrum zurück zu teleportieren, sondern noch ein wenig umherzufliegen,
schaute dabei aber immer wieder einmal auf meine Karte-und wurde auch fündig! Da
waren wieder zwei einzelne Punkte, halbwegs einander nahe. Ich landete in
respektvollem Abstand aber doch nicht zu weit entfernt, damit ich die zugehörigen
Avatare auch noch mit den Augen würde finden können. Aber- was war das! Wo war ich
gelandet?

Dies schien mir ein sehr interessanter, ja eigenartiger Ort zu sein, den ich auch noch
nicht kannte, obwohl er sich doch nicht allzuweit entfernt von meinen üblichen
Aufenthaltsorten befand. Es schien eine Art öffentlich zugänglicher Garten zu sein- oder
war es doch privat? Ich wußte es nicht! Aber wild schien er zu sein. Wild und schön
… Doch was war das? Einige, teils halb umgesunkene, steinerne Grabkreuze erweckten
meine Aufmerksamkeit. Und sie schienen nicht eben aus unserem Jahrhundert zu
stammen. Nachdenklich blieb ich stehen. Hier, in dieser Welt? In dieser phantastischen
Welt der tausend Möglichkeiten, in der aber doch vieles, vielleicht allzu vieles, schön,
schöner und noch viel schöner war? Ein verwilderter, wenn auch wunderbarer und
farbenprächtiger Garten. Und Kreuze, ja ein Friedhof vielleicht gar? Tatsächlich. Das
musste es sein. Eine kleine Kapelle tauchte nun vor meinen Augen auf. Vorsichtig und
langsam näherte ich mich ihr, schritt aufmerksam die wenigen Stufen hinauf und betrat
schließlich die Andachtsstätte. Nun hörte ich auch Musik aus den Lautsprechern meines
headsets dringen. Kirchenmusik vielleicht, eine Harfe wurde gespielt. Ruhig, sanft, aber
auch eindringlich und melancholisch erreichten die Klänge mein Ohr. Der Innenraum der
Kapelle, dem man sein Alter ebenfalls ansah, war nicht sehr groß. Einige wenige
Kirchenbänke, ein Altar vorn in der Mitte und die prächtigen, mosaikartig bunten
Kirchenfenster-das war fast schon alles, was meine Augen umfassen konnten. Nein,
zwei Dinge gab es noch, die ich dann entdeckte. Links vorn gab es einige breite Kerzen,
die in einer Ecke auf dem Boden standen und nur die wenigsten von ihnen waren
entzündet. Die, die ihr Licht bereits verströmten, standen sämtlich direkt unter dem leicht

verwitterten Bild einer Madonna, welches an der angrenzenden Eckwand hing. Für einen
einzigen Linden (also einen eher symbolischen Preis) könne man sich einer dieser
Wunschkerzen bedienen, machte ein dezentes Schild klar, das sich in der Nähe der
Kerzen an eine Wand gelehnt fand.
Und ein zweites fiel mir nun ins Auge. Vorn, auf der ersten Kirchenbank rechts, saß eine
Frau. Seltsamerweise konnte ich sie nur undeutlich erkennen, denn sie saß wohl normal
da, aber irgendwie wie eingesunken in das Material der Bank, so dass sie auf eine nicht
genau beschreibbare Weise nur teilweise sichtbar war. Ich beschloß, dies zu ignorieren
und schob es auch auf meinen Rechner, der möglicherweise irgendwelche
Darstellungsfehler produzieren mochte. Dennoch verstärkte sich das leise Gefühl von
Ehrfurcht, das mich schon seit einiger Zeit beschlich und es kam nun doch auch noch
eine gewisse Beklommenheit hinzu.
Ich ging langsam und vorsichtig ein wenig umher, um mir alles ein wenig anzuschauen.
Schließlich setzte ich mich dann, wenn auch ein wenig ängstlich, halbwegs in die Nähe
der Frau auf die Kirchenbank und murmelte ein vorsichtiges „Hallo…"-erhielt jedoch
keinerlei Antwort! So schwieg auch ich lieber, blieb ruhig sitzen und hing meinen
Gedanken nach ...
Nach einiger Zeit bemerkte ich dann, dass wohl jemand in der Nähe der Kapelle sein
musste und kurz darauf betrat dann auch tatsächlich der Zauberer den Raum. Dass er
einer war, das wurde angezeigt -und natürlich auch sein Name. Doch den weiß ich nicht
mehr, ebenso wie manch` andere Einzelheit aus dem folgenden Gespräch nicht mehr in
meinem Gedächtnis ist. Es schwebt ein wenig eine Art Schleier über meiner Erinnerung
an diese Minuten und ich weiß nur noch, dass es eine ungewöhnliche und anregende
Unterhaltung war, welche mich immer wieder einmal zum Innehalten und zum
Nachdenken veranlasste, bevor ich Antwort geben konnte. Und ich glaubte auch schier
die ruhige, und trotzdem eindringliche Stimme des Zauberers zu hören, obwohl die
voice-Funktion meines headsets zu diesem Zeitpunkt doch gar nicht aktiviert gewesen
war … Über die Frau, da sprachen wir, ja. Danielle sei ihr Name, sagte er. Und es war
ihm wichtig zu betonen, dass sie eine wirkliche Frau sei -anders als manch andere
Avatarin! Er sandte mir sogar ein Bild von ihr, auf der ihr Gesicht besser zu erkennen
war. Das gefiel mir nun! Es war ein schönes und vor allem interessantes Gesicht, aber
was mir am meisten zusagte, war, dass die Gestalterin offensichtlich einmal NICHT nach
dem Motto „schön - schöner - noch viel schöner" dies erschaffen hatte. Auf die Nachbildung
offensichtlicher Schönheitsideale war hier nämlich tatsächlich einmal verzichtet worden
und gerade das machte das Gesicht ausnehmend sympathisch.
Wir redeten noch einiges, an dass ich nun keine Erinnerung mehr habe, das Einzige was
ich noch weiß, ist, dass bei einer Gelegenheit der Zauberer einen riesigen, wunderbaren
Strauß roter Blumen vor Danielle erscheinen ließ, der ganz herrlich aussah -deren
Anblick mich aber seltsamerweise auch auf eine unbestimmbare Art und Weise verstörte
...
Und während der ganzen Zeit reagierte sie nicht und sagte kein einziges Wort.
Was eigentümlich schien. Kein "busy" oder "away" -Schild prangte über ihrem Kopf und
ganz offensichtlich wurde sie auch nicht nach einer halben Stunde vom System
abgemeldet.
Eigenartig -doch ich konnte dieses Rätsel nicht lösen.

Der Zauberer und ich schieden dann bald darauf freundschaftlich voneinander und ich
verließ die Kapelle, um mich wieder in andere Teile des Landes zu begeben. Zuvor aber

wanderte ich noch ein wenig an diesem verwunschenen, nein, verzauberten Ort umher. Betrachtete die Blumen, die verwitterten Grabsteine, sah im Hintergrund eine Art Freiluftgalerie und einen Pavillon mit alten Musikinstrumenten und hörte auch - nicht allzufern - über mein headset das Meer sein rauschendes Lied singen.

Als ich mich schon endgültig zum Gehen wenden wollte, summte mit einemmal eines der Insekten näher an mich heran.

„Weissssst Du es denn nicht, sssss?", summte es sehr freundlich, aber fragend zu mir hin.

„Weissssst Du es nicht!"

Ich war erstaunt, wenn auch nicht gar zu sehr, denn in dieser Welt war ja nun vieles möglich und in diesem speziellen Lande wohl auch noch so einiges mehr...

„Hi,…", erwiderte ich höflich, „Du kannst sprechen, obwohl Du wohl kein wirklicher Avatar bist, wie ich denke …".

„Neinnn, …"summte das Insekt freundlich zurück und surrte ein wenig um mich herum, „sssprechen kannnn ich nun eigentlich nicht! In meinem Sssscript steht nichtsssss davon geschriebennnn, fürchte ich. Aber, wenn man von einemmm Zauberer geschaffen wurde und in ssseiner Nähe lebt, dann issssst manches möglich. So mannnchessssss!" Und nun schien es, als wolle es wieder fort fliegen, weg von mir. „Halt!", rief ich, „Warte bitte. Nun sag mir doch, was es ist, das ich nicht weiß!" Aber es hatte ohnehin schon kehrt gemacht und summte wieder um mich herum, stabilisierte sich dann schließlich flügelschlagend halbwegs in Augenhöhe meines Avatars. Ein Smiley erschien links unten auf meinem Bildschirm. „Keinnne Angsssssst, ich bleibe ja bei Dirrrr!", summte es. Ich lächelte. „Aber nun sag. Warum kannst Du sprechen und was ist es, das ich nicht weiß?" „Nunnn," summte das Tier. Ich ssspüre, dass Du Dir noch immer Gedanken, ja Sssssssorgen machst, wegen Danielle. Diessss rührt mich, oder rührt den Sssssseelenkeim des Zaubererssss, der in mir liegt …. Daher kann ich jetzt reden mit Dir und darum könnte ich Dir vielleicht die Geschichte dessss Zauberessss und ssssseiner Frau erzählennn ….." Ich weiß nicht wie es geschah, denn ich hatte keine Steuerelemente berührt -aber mein Avatar hob nun langsam und vorsichtig den rechten Arm etwas an, öffnete die Handfläche, wandte diese nach oben und hielt sie dem freundlichen Tiere hin. Tatsächlich ließ es sich einen Moment nieder und sah mir aufmerksam und fast prüfend in meine grünen Augen. „Ja", summte es dann „Du willssssst sie wirklich erfahren - auch wenn sssie ssehr tragisch isssst." „Aber es sind Emotionen, aus denen die Geschichte gewebt ist -und Emotionen, Gefühle: sie BEWEGEN etwas …", zitierte ich nachdenklich einen Satz, der in dem Gespräch mit dem Zauberer gefallen war und der nun wieder in mein Bewusstsein trat. Nicht ganz ohne Ängstlichkeit wiederholte ich ihn, denn tragische Dinge erschrecken mich oft zutiefst. „Ja, Ava mit der bunten Seele, die so gut riecht!", zitierte das Insekt ernst einen anderen Satz des Zauberers. „So isssst esssss." Und nun erhob es sich von meiner Handfläche, taumelte ein wenig unruhig um mich herum und das Summen schien lauter zu werden, eindringlicher und auch viel schwermütiger und trauriger. Einmal schoß es sogar so sehr hoch in den Himmel hinauf, dass ich es fast nicht mehr sehen konnte, kehrte aber sogleich zurück und richtete sich dann auch wieder flügelschlagend vor meinem besorgten lila Gesicht aus. „Danielle-Danielle ist die Frau des Zauberers.", begann es dann unvermittelt zu erzählen. „In SL?" tippte ich fast automatisch die Frage in meine Tastatur, wie bei allen Informationen wichtiger Art die ich erhielt und bei denen der entsprechende Zusatz fehlte. Das Insekt brummte kurz und leicht unwillig auf. „Sssseine Frau ssssage ich. Wasss denksssst Du? In SL UND in RL natürlich!" Und es flog einen

kleinen Schwenker in der Luft. „Nun, weiter. Esss fällt auch mir nicht leicht.", fuhr es
dann fort, „Höre über den Zauberer. Er war im firsssst live einssssst ein wohlhabender
und durchausssss auch ein mächtiger Mann. Aber er war einsam-und wussssste aber
doch, dasss es jemanden gab, der diessss würde ändern können. Woher er dassss
wussste, dasss wusssste er freilich nicht … Gleichwohl, er sssssuchte-und er fand
Danielle, der es ebenso erging. Sssie lernten ssich kennen -und erkannten ssich!
Beide fühlten, dasss sie irgendwann und irgendwo bereitsss ein Paar gewesen waren,
oder esss in irgendeiner Zukunft einmal ssssein würden. Und sie waren sich gewissss,
dasssss diesssess nur bedeuten könne, dasss sie auch jetzt ein Paar sein mussten. Und
sie waren es dann auch. Und ssssie waren glücklich. Ssssehr glücklich." „Wie schön!",
rief ich aus, „Und sie sind doch auch jetzt noch hier und …" „Ssssschweig. Bitte.",
unterbrach mich das flügelschlagende Tier. „Du weissst ssehr wohl, dassss diesss nicht
allesss sein kann …!" „Nun ja. Dann erzähle doch rasch, was weiter war!", brachte ich –
fast ein wenig ungeduldig hervor. Das Insekt sah mich an und schwieg eine Weile-und
mir war fast, als sähe ich ein mildes aber tadelndes Lächeln auf dem winzigen Gesicht.
„Neugier und Geduld sollten Geschwister sein …", begann es schließlich. „…die sich
verstehen und ergänzen!", führte ich den Spruch fort. „Aber woher kennst DU diesen
Satz?" „Ach, dasss issst leicht. Ich lasss ihn herausss, ausss Deiner Sssseele-du selbst
hassst ihn ja einmal in Dir gefunden, vor langer Zeit."
Ich schwieg verblüfft. Genauso war es.
„Der Zauberer und Danielle, sssseine Frau. Sssie waren glücklich und sssie Beide
hatten einen Glauben. Nicht den der Kirche unbedingt. Doch die Madonna, die verehrten
ssie. Der Zauberer hatte ssssich darüber hinausss schon immer für geheime Mächte
und Kräfte interessssiert, er war und ist ein Denker, gar vielleicht ein Weiser …".
Das Tier flog noch ein wenig näher an mich heran und schaute mich an.
„Als diessse Welt, alssss SL dann entstand, da schuf der Zauberer auch ssich in
diesem Land. Und auch Danielle tat diessss -ssssie folgte ihm und folgte gern. Und
essss begann die Zeit des Glücksss ein zweitessss Mal, ssssie hatte sich verdoppelt hier,
die Zeit des Glücksss. Bisss esss geschah …!"
„Was??", tippte ich atemlos, doch schon fuhr das Insekt fort.
„Ich kann Dir davon gar nichtsss ssssagen. Die Einzelheiten ssssind gelöscht. Genug zu
wissssen ist, dasss Danielle starb."
Meine Finger verharrten über der Tastatur wie gelähmt-und lange Zeit schwieg ich.
Auch das freundliche Tier sendete für eine lange Zeit keinen einzigen Buchstaben mehr
auf den Bildschirm. Schließlich fuhr es fort: „ Ja … diesss issst die Wahrheit und es issst
eine, die ssehr bitter schmeckt. Doch ssssollte esss nicht die letzte Wahrheit ssssein
 -nicht für den Zauberer!!"
"Wie meinst Du das?", so frug ich schnell und noch ganz erschüttert.
"Nun,", antwortete es, "er konnte diessse Lasst nicht tragen. Er gab alles auf. Alsss
Danielle sstarb -da war ssssie online, war in dieser Kapelle hier, mit ihrem Avatar ...".
Ein tiefes Grauen überzog schlagartig mein Herz und meine Seele.
Ich hatte neben einer ... Toten gesessen. Und sie war doch auf ihre Art so schön
gewesen, sah so interessant und nachdenklich aus ...
"Nun fürchte Dich nicht!", fuhr das Insekt behutsam fort. "Das ist nichts Schlimmes.
Oder?"
Nein, da hatte es wohl recht, das war es nicht. Unendlich traurig nur.
Nach einiger Zeit war ich in der Lage zu fragen: "Und der Zauberer? Was geschah mit
ihm?"

"Er gab allesss auf, wie gessagt.", antwortete das Tier sogleich. "Und er widtmete sssich nur noch SssL -und der Madonna, letztlich Daniellessss Avatar. Sssseit sie starb bessssteht ihre online- Verbindung weiter - und er besucht ssssie oft, ssssehr oft!!"
Ich verstand und schaute ernst zu Boden. Ob es die geheimen Kräfte des Zauberers waren, oder der Einsatz modernster technischer Mittel, die dies möglich machten? Denn ich war sicher -niemals würde der Zauberer Danielles Avatar von irgend jemandem bewegen oder steuern lassen, außer von ihr selbst - und sie, sie lebte ja nun nicht mehr ...!
Die Stimme des Insekts schreckte mich aus meinen Überlegungen.

 "Höre weiter, noch issst esss nicht zuende!", vernahm ich nun von ihm.
Ich schaute auf. "Der Zauberer ssschuf die Kerzen und gab jedem der sssich hierher verirrte, die Möglichkeit für den kleinsstmöglichen Betrag, für einen Linden nur, einen Wunsssch zu äussern, wenn er die Kerze der Madonna weihte - und stelle fessst, dass diese Wünsche sich erfüllten. Nicht alle, nein! Doch alle die, die sssinnvoll waren, ja alle diesssse, sssie erfüllten sich!!"
Ich war noch immer sehr erschüttert und konnte nicht mehr recht denken, lauschte aber unter einer großen Spannung weiter dem Insekt.
"Nur ein Wunsssch, der, der hat sssich nicht erfüllt. Noch nicht! Noch nicht!! Danielle! Danielle!!". Überdeutlich hörte ich hier den Seelenkeim des Zauberers, aus den Worten des Insekts heraus, in seiner ganzen Verzweifelung klagen.
Es flog einige Runden fasste sich wohl und kehrte dann zu mir zurück.
"Esss issst wichtig, dass ich zuende berichte!", fuhr es fort -und im Stillen frug ich mich, warum es dies so betonte.
"Der Zauberer sssstiftet selber eine Kerze, jeden Tag und dies bei jedem Sonnenaufgang und bei jedem Sonnenuntergang. Und dies seit langer Zeit, seit Jahren schon. Und er hat immer nur densssselben, einen und einzigen ssinnvollen Wunssssch: das Daniellesss Avatar erwachen möge. Ein eignesss, neuesss Leben hier beginnt! Hier in SL. ..."
Ich stand wie erstarrt und blickte das Insekt an. Wie gut ich das verstand!
Wie sehr, an seiner Stelle, hätte doch auch ich dies inniglich gewünscht! Wie hoffnungslos jedoch schien das. Ein Wunder nur ..., ein Wunder täte not.

Ich glaubte nun, dies sei das Ende und hatte schon den Arm erhoben, um mich noch eine Weile auf einen von mir anvisierten, großen Stein zu setzen und über diese Sache nachzudenken, als das Insekt mir abermals ein Stück näher rückte.
"Einesss sssolltesst Du noch wisssen!", summte es, "Das, was der Zauberer plant, sollte jemalsss esss gelingen ..."
Überrascht ließ ich den Arm sinken und die transparente Menüscheibe verschwand wieder von meinem Schirm. "Niemals könnte das geschehen -so sehr ich Beiden dies ganz sicher wünschen würde!! Doch sprich, wenn Du magst. Ich höre gern Dir zu. Was plant er, dann, wenn es geschieht?"
"Nunnn- niemalsss: dasss isst ein grosses Wort. Vergisss mir die Madonna, nicht, mein Lieber. Doch weisss ich selbst nicht, wasss ich wünschen sssoll. Der Zauberer -auch er will hierher kommen, nur hierher, Du verstehst? Und bleiben. Immerdar. Mit Danielle."
Nachdem mir klar geworden war, dass das Insekt damit nur gemeint haben konnte, dass der Zauberer in diesem Falle sein first life beenden wollte, überfiel mich erneut ein eisiges Grauen und auch ich wusste nicht mehr, was ich hier wem nun noch wünschen

sollte, oder nicht.
Für eine lange Zeit schwiegen wir.
Irgendwann, viel später, hatte ich mich einigermaßen gefasst.
"Nur eine Frage noch.", schrieb ich dem Insekt -und irgendwie, auf eine unbegreifliche
Art und Weise -war mir ganz und völlig klar, dass das freundliche Tier HÖRTE, wie belegt
meine Stimme noch immer klang.
"Du willssst wisssen ...", begann es.
".... warum ich diese Geschichte unbedingt von Dir hören musste, ja!", ergänzte ich.
"Dasss issst leicht.", summte das Insekt wieder. "Weil Du sssie aufschreiben und
weitergeben musssst! .... Und nun ssstell nur nicht wieder eine ganze Reihe ``normaler``
Fragen, bitte, ja?! Blicke in Dich, denn ich weisss, Du kennssst den Grund!"
Ich musste eine kurze Weile hierüber nachsinnen.
Als ich diesmal wieder zu sprechen begann, unterbrach mich das Insekt nicht.
"Viele können sie hören, diese Geschichte, manche sollten sie hören und mindestens
einer MUSS sie hören -denn sie ist für ihn bestimmt!"
"Ja.", summte das Insekt und da ich merkte, dass es sehr gern diese Sequenz zu Ende
sprechen wollte, gab ich mein Einverständnis hierzu, indem ich einen Moment länger
schwieg als notwendig.
Mit leiser Stimme, und mit einer leisen, kleinen Freude, wie es mir erschien, fuhr es nun
ohne jedes Summen fort: "Wie immer wissen wir hier nicht, wer dies ist, wann es
geschieht, noch wo, noch wie, noch irgend etwas. Dass es geschieht -nur DESSEN sind
wir sicher!"
Es verharrte noch einen Moment und flog dann einige Kurven um mich herum, bis es
schließlich verschwand. "Adieu, lila Mann! Auf Wiedersehen, mein Alien des Geistes!",
dies war das letzte, was ich von ihm hörte.
Noch eine ganze Zeitlang stand ich da, bis ich schließlich meinen Finger auf die "Bild
auf - Taste" senkte und in den Himmel stieg. Der Mond und die Sterne waren mittlerweile
sichtbar geworden und es wäre mir nicht im Traum eingefallen, dieses in einem solchen
Augenblick wieder auf "Tag" zu schalten. Ich schwebte unter dem sanftdunklen
Himmelszelt voran, über die Bäume und Dächer und Avatare hinweg und genoß dies
einfach nur in vollen Zügen.
Oh, ja, ich würde schreiben, eine Geschichte, hier aus dieser Welt, aus diesem Spiel.
Ein Spiel? SL- ein Spiel? Kommerz und Sex, ein bisschen auch Gewalt. Mehr war`s
doch nicht -so sagen manche, sagen viele!
Ein Spiel? Oh, mehr als das!
Viel mehr ....

(BukTom Bloch, born 16.12.2007)

******* ENDE *******

BukTom Bloch

Traum von Amazonien

(Cybertale)

Ein Schiff vor der Küste Amazoniens.
Eine Flasche, die ins Meer fallen gelassen wird ...
Ein Verseschmied und Barde sieht ihr hinterher.

***

"Oh, Herrinnen,
wenn es erlaubt, so hier ein Gruß des fremden Barden, nein des Verseschmieds,
den der unergründlich` Wille wohl der Göttin selber gar, an ein Gestade hat geführt,
von dem aus Euer großes Reich schon fast zu sehen ist mit bloßem Auge!
In jedem Falle aber doch die Kunde von Eurer Größe, Pracht und wundersamen Welt
sein Ohr erreichte!
So würd`er freuen sich, wenn -mit Eurer Gnade- sein demütig Gruß ein freundliches Gehör
wohl finden würde.
Glücklich der, der Eurer künden darf!
Untertänigst Euer
BukTom Bloch"

***

BukTom Bloch steht sinnend an der Reling des leicht schaukelnden Schiffes und tausend
Gedanken durcheilen sein Hirn. Was hatte ihn geritten, diese Flasche ins Meer zu werfen?
Besonders der letzte Satz ...
Wenn die Herrinnen die Flasche wirklich fänden? Und die leise Hoffnung in diesem Satze
richtig deuteten ...
Im Hintergrund hört er nun wieder die groben Flüche der Matrosen und die Pöbeleien des
Maats, der auch immer wieder einmal zwischendurch seinen Kautabak auf den Boden
spuckt, nein rotzt muss man sagen, wenn man ehrlich ist.
Er liebt alle Menschen- aber bei einigen fällt es ihm schwerer. Männern zumeist ...
Mit dem Pöbeln hat auch er schon ausreichend Bekanntschaft gemacht- seine Hautfarbe
ist jedermannes Sache nicht! Von welchem Stern er einst fiel- das weiß er ja selber nicht,
auch nicht warum. Und allen Anfechtungen er solle das gefälligst einmal ändern,
das mit seiner Haut, denen hat er -fast immer- widerstanden.
Gesetzt den Fall ...
Sie fänden seine Flasche, und verständen, und riefen ihn zur Prüfung zu sich hin? Doch
nein. Allein sein Anblick ... Jedoch! Sie waren keine Männer. Bei diesen wäre wohl die
Sache klar, sogleich. Wie aber wäre das bei Ihnen?
Ganz wie so seine Art, beginnt sogleich vor seinem inneren Blick, die Szene sich zu
entfalten.
Sie könnten ihn rufen und in einer Gruppe sich betrachten und rau lachen würden sicherlich
auch sie und grobe Scherze machen. Denn auch die Amazonen seien ja ein starkes, stolzes
Volk, so hat er ja gehört. Jedoch- das ist er schon gewohnt, dass ist nichts Neues mehr!
Doch dann? Würden danach auch sie nur noch verächtlich, bestenfalls mit Mitleid auf ihn
herabsehen und gar nicht weiter fragen, wer er sei und was er geben könne? Er glaubt es
nicht! Denn das ist Männerart.
Und dann? Wenn sie auf kurze Zeit gar zu Besuch ihn laden würden?
Wie oft durcheilen Zweifel nun sein Herz. Ja, will er das denn wirklich? Ein wenig schreckt
ihn ja das kämpferische, denn er kann keiner Fliege was zuleide tun ... Jedoch es heißt ja,
die Amzonen seien nur zum Kampf gerüstet zur Verteidigung. Eroberung und Expansion sei
ihre Sache nicht.
Wie angenehm. Das Männervolk, das ist da anders, denkt er sich. Dennoch- ein Krieger will
er selbst für Amazonen niemals sein. Denn das, das ist er nunmal nicht. Er lacht- was

bräuchten die auch Männer dort als Krieger! So stark und stolz und mutig wie sie sind! Ihn schaudert leicht, doch angenehm ...

Das Schiff hat den Anker ausgeworfen. Flaute herrscht und der Kapitän schläft wieder einmal seinen Rausch aus, brummend, sabbernd, schnarchend. Das kann dauern. Das Gelage vordem hat ein wenig länger gedauert als manche zuvor, Tage länger, um genau zu sein ...

Er lehnt sich an und schaut aufs Meer hinaus. Wie manches mal beschleichen Zweifel ihn. Was hat er denn zu geben! Sehr wenig nur, was andre brauchen können. Er kann die Verse schmieden, reimen, er kann Geschichten wohl erzählen und ersinnen. Das ist für ihn nicht schwer. Da brauchts ein Bild nur, oder zwei, den einen oder anderen Satz. Dann fällt ihm ein, was vorher könnt gewesen sein, was später kommen wird und auch warum und wie und wann.

Doch viel mehr kann er nicht! Wer das schon braucht?

Und könnte er - gesetzt den Fall - denn oft genug und gut genug den Herrinnen dienen? Die Zweifel sind nur allzusehr vertraut. Die hat er oft.

Er ist in mancher Hinsicht nicht von dieser Welt ...

Vielleicht, so überlegt er, soll er die Zeit ja nutzen. Er könnte doch ...

Ja, er könnte einen ECHTEN Vers schmieden. Auf die Amazonen. Und in eine zweite Flasche tun - mehr als genug davon liegen ja wahrlich hier herum! Wenn er bloß wüsste ... was Ihnen denn am meisten wohl gefällt. Ein Lob auf Ihren Ruhm, die Tapferkeit, Ihre Schönheit - auf all` das zugleich? Er sinnt ...

Ein gelangweilter Matrose schlägt ihm grob auf die Schulter: "Na rosa Schnuckelchen! Vermißt Du Deinen Freund, hehehe!"

Er gibt keine Antwort. Das hat er schon lange aufgegeben. Sie hören gar nicht zu. Wer "rosa" ist - der muss ja wohl nach Männern gieren, körperlich. Bah. Nichts ist ihm ferner. Wegen ihm mag jeder jeden lieben wie er mag. Das ist ihm gleich. Und er freut sich sehr wohl, wenn Mann und Frau, wenn Mann und Mann, wenn Frau und Frau sich finden und miteinander glücklich sind!

Doch er mag Frauen nur, in jeder Art.

Doch das begreift wohl niemand hier, erst recht auf diesem Schiffe nicht. Er geht nun lieber zurück in den Laderaum hinab, in seine kleine Ecke mit dem Strohsack. Das Licht reicht gerade noch zum Schreiben dort. Er zückt die Feder - soll er schreiben? Und was, was wird den Herrinnen gefallen? Er sinnt ...

***

.... und sinnt, für lange Zeit.

Doch keine Stimme flüsterte ihm das wahre, gute Thema ein.

Er gibt es vorerst auf und ruht ein wenig. Das Schiff wiegt sich im Wellengang, nimmt Fahrt auf, irgendwann.

Wer weiß. Dereinst. Kehrt er vielleicht zurück ...

Als Gast, Besucher oder Händler gar .... Ein Händler ist er nicht, das ist wohl wahr.

Doch seine Worte, Texte und Gedichte - die mag er gerne geben. Sein Lohn ist das Interesse nur, das Staunen, die Freude und das Angerührtsein einer oder mancher Seelen.

Wer weiß, vielleicht gibt es auch dafür einen Platz. Auf einem Markt, in einem oder manchen Herzen ...

* * *

Was war, das ist.
Weil es doch war.

* * * * * * *

Cyber-Lyrik

Ave Ava

was bin ich hier
wer bin ich dort
ich suchte mir
`nen sich`ren hort ...

und bin ich mann
und bin ich frau
-nur dann und wann
weiß ich`s genau ...

bin wolke nur,
aus elektronen?
wie an der schnur
-werd´ ich gezogen ...?

doch ich springe und ich schwebe,
und ich schreibe und ich fliege!
-und ja, ich fühle, dass ich lebe,
wenn ich -verträumt- in wolken liege ...

SL-Elfen

Ich künde Euch vom Elfenland,
ein ferner Ort und doch so nah
den Weg dorthin ein jeder fand
der in sein Herz nur achtsam sah.

Denn Herz, Verstand und Phantasie
erschufen dieses schöne Reich-
und so verfehlt`s der Wand`rer nie
ist ihm von diesen keines gleich.

Wer glaubet denn an Elfen nicht!
Hörst nicht die Flügel surren?
Ihr Lachen durch die Wipfel bricht,
Und Du- tust grimmig brummen!

Sind sie doch so zart und fein
versehn` mit Mut und Stolz,
und ihr Herz- das ist ganz rein
-sie sind aus edlem Holz!

Drum glaube nur und lach mit ihnen
flieg mit ihnen hoch und weit
denn andres soll Dir nicht genügen
in diesem Raum, in dieser Zeit ...!

(BukTom Bloch)

___

No Sense on the SIM?

Fühl` mich allein- ein Teleport,
Partikel strömen auf mich ein ...
nur schnell, nur fort,
das kann`s nicht sein ...

Eine Landmark zum Event,
ein Klick pro Tanz-
bringt`s das am End?
Ach, nein, ich fürchte nicht so ganz ...

Ich laufe, renne vor die Tür,
und fliege hoch und fliege weit
- gab erst noch tip jar - Dank dafür,
stehe still nun in der Zeit ...

Camlock endet
Relog erspart
was nur wendet
mein Los, so hart?

Eine Sandbox - so endlos weit
ein buntes Haus schwebt über mir
das Raumschiff dort ist bald soweit ...
Ein Griefer! Nein, ich bleib nicht hier!

Baue nun `nen Würfel schnell,
schmücke ihn mit `ner Textur,
stelle sie dann auf ganz hell, ...
- auch das ist nur die Uralt - Tour!

Nach Bällen steht mir nicht der Sinn
und Escort meid´ ich sowieso.
Ja - überall könnt` ich schnell hin -
doch wo nur BIN ich, wo nur, WO?!

In einer großen, bunten, weiten Welt!
Will raten, helfen, Verse schmieden!
und wenn dann Ava stets zu Ava hält-
hat jeder jedem was zu bieten!"

(BukTom)

"SL-Philosophische" Texte

ChuangChe

Der Avatartraum des taoistischen SL-Philosophen ChuangChe stellt die Grenzen zwischen der virtuellen Wirklichkeit und der Welt des Realen infrage: "Heute habe ich geträumt, ich sei ein First-Live-Bewohner im realen Leben. Woher weiß ich jetzt, ob ich ein Avatar bin, der glaubt, geträumt zu haben, ein First-Live-Bewohner zu sein, oder ob ich nicht vielleicht doch ein First-Live-Bewohner bin, der jetzt träumt, ein Avatar zu sein?"

****

Albert1Stone

Der SL-Resident und theoretische Scriptforscher Albert1 Stone formulierte die Problematik einmal folgendermaßen: "Ja natürlich, wir alle wissen, dass virtuelle Welten wie Second Life schon seit Urzeiten existieren - und seit wir das so genannte First Live entdeckt haben, freuen wir uns dessen Bewohner gelegentlich ein wenig zur Entspannung steuern (also letztlich manipulieren) zu können! Woher aber wollen wir wissen, ob diese First-Live-Residents in der Zeit, die sie als "ausgeloggt" bezeichnen, nicht ein ganz eigenständiges Leben führen? Und ob sie nicht vielleicht denken, es verhalte sich gerade umgekehrt - und SIE würden UNS steuern?"

****

Anna Aufbrezel analysiert (Cyber-Glosse)

Hi, liebe Avinnen und Avas!Ja, jetzt sagt mir doch gefälligst erst mal, wer mir hier jetzt wieder
so eine schreck-li-che Überschrift verpasst hat- also nein, wirklich!
"Anna Aufbrezel alani ..., analü, ..." Ach, egal. Aber Huch! Das klingt ja fast schon nach sowas wie ...
Aber nein, das lassen wir ja jetzt erst recht mal lieber, hm?!
Andererseits sind wir ja hier auch wiederum nicht im Teen-Grid, stimmts! Hihi.
Wo war ich. Ach ja- also: ich brauche Linden! Versteht Ihr doch. Ganz sicher, oder?! Ja,
richtig- zum shoppen! Wofür denn sonst, was für `ne Frage, tsts. Ja gut und jedenfalls hab
ich mir dann gesagt, Anna, hab ich gesagt- wirste halt Starreporterin. Die haben immer was
in der Tasche. Und bestimmt gibts dann auch mal `n paar nette Avas, die einem zusätzlich
noch mal was zustecken- ausser dem Mordsgehalt, dass die Zeitungen zahlen. Also damit
ich über die nett berichte und so. Reklame, Ihr wisst schon, hihi. Ist doch nix dabei. Ok, ja
und dann bin ich natürlich erst mal zu denen, bei denen der Star schon im Namen drin
vorkommt, liebe Avas, ihr kennt die ja sicher- kann man immer leicht lesen, schöne kurze
Sätze und immer viel Bilder, obwohl ich selber mach ja immer lieber mal lange Sätze, hab ja
schließlich auch viel zu sagen und auch ganz viel wichtige Sachen und so, wer`s nicht glaubt
wird`s schon noch merken, will ich jedenfalls mal stark hoffen, aber ihr macht das schon und-
Äh, was wollt ich jetzt noch?
Also jedenfalls, die bei den anderen Zeitungen die wollten nicht. Keine Ahnung warum!!
Werden schon noch sehen, was sie davon haben, ha!
Ja und jetzt bin ich hier gelandet, immerhin. Auch was. Also- besser wie nix. Sagen wir mal.
Hi,hi. Spässchen, lieber Chefredakteur ...! * augenklimper *
Ihr merkt schon, ich bin ein lustiges Haus. A pro pos Haus. Ein Haus hab` ich jetzt zwar noch
nicht in SL, da ging halt bisher alles für megatolle skins, suuuu-per outfits, edelsten Schmuck
und andere total vorrangige Sachen drauf- aber das könntet Ihr ändern -jajaja, richtig: Ihr!
Nein! Natürlich braucht ihr mir nix schenken, so eine bin ich ja nun auch wieder nicht! Also
wirklich!
Nein, aber wenn ich Euch gefalle ;-) -dann schreibt massenhaft an die Redaktion, dass ihr
unbedingt MEHR von mir lesen wollt, viiiel mehr!
Ja, dann schreib ich nämlich noch öfter hier, demnächst und das wollt ihr doch ganz
bestimmt und dann wären doch auch meine nächsten Anschaffungen gesichert, ich komm
mir schon ganz alt und hässlich vor, stellt Euch das bloss mal vor, die meisten meiner
Sachen sind schon über drei Tage alt- und das in SL!! Schreck-lich! Sag ich Euch!
Ja und eins noch. Auf dem letzten Party-Event (ein süüüüüsser DJ sag ich Euch!) ja
jedenfalls, da waren auch noch ein paar Kumpels von mir, logisch.
Ja, jedenfalls meinten die dann, reichlich Linden könnten auch sie gut gebrauchen. Versteht
man schon, oder, hihi! Und was zu schreiben, das könnten sie auch, wär ja auch nicht so
anstrengend wie scripten, bauen und so`n Zeug ... Da bekäme man ja auch immer so
schwielige Hände davon und das sähe echt blöd aus und so. (Na ja, das hab ich ehrlich
gesagt nicht so ganz verstanden, vielleicht wars ja ein Witz oder so, keine Ahnung. Aber
egal.)
Also der Ludwig und der Grid. Also die könnten dann so Artikel schreiben wie ich jetzt hier.
Genausogut weiß ich ja jetzt nicht, aber versuchen könnten sie`s ja mal. Ludwig würd` dann
``Ludwig Latte lamentiert`` machen und der Grid ``Grid Stabilus behauptet``. Dazu muss man
wissen, dass der Ludwig sehr gut mit den Avinnen kann, ihr versteht schon und dass der
Grid SL und LL ganz toll findet und sich für so Technik-Kram interessiert und immer allen
erzählt wir toll es hier ist und das Linden gar nix dafür kann, wenn`s mal ruckelig läuft,
sondern dass das meistens Anwenderfehler sind und so ...! (Also ICH glaub ja manchmal
der bekommt heimlich Linden von Linden. Hihi. Tolles Wortspiel oder!!) Also dann- nun
schreibt mal schön.
Wie toll ihr Ludwig und Grid finden würdet und aber vor allem, dass ihr MICH wollt!
Bis ganz bald dann. Tschüssi!!! *Eure liebe Anna*

Ludwig Latte lamentiert (Cyber-Glosse)

Ja, aber Hallo, Ihr Lieben!

Da bin ich nun. Ja, ja der Ludwig, ich bin`s selber und persönlich, hehe! Wurd` auch Zeit,
oder! Ja also die Anna, ihr kennt sie ja aus der vorigen Ausgabe. Die Anna Aufbrezel. Die
hat mir erzählt, die Zeitung hier, die würde auch von vielen Avinnen gelesen. Und da dacht
ich, ich darf mich denen nicht länger, dingens, wie heißt es- vorenthalten! Genau.
Weil, ich mein ja: wer den Ludwig nicht kennt- hat den SL- Tag verpennt! Da nutzt es auch
nix mehr, wenn ihr Eure Tageszeit auf „Sonnenaufgang" zurück stellt ...!! HAHAHAHAHA!
Hehe.
Na ja, ihr merkt schon. Ich bin ja kein Kind von Traurigkeit. Und da mach ich halt auch schon
mal `nen Witz, wenn ich gute Laune hab- ist doch klasse, oder!
Ok- und warum jetzt das Ding hier „Ludwig Latte lamentiert" heißt. Ja, weiß ich jetzt auch
nicht.
Also mir geht's ja jetzt gut, hab tolle Sachen in SL, jede Menge, da kannst Du mal gucken,
da kann keiner nicht so leicht mithalten, sag ich mal. Keine falsche Bescheidenheit, oder?
Wer hat, der hat! Aber so ist es ja nicht- ich geb ja auch gern mal einen aus. Den schönen
und echt klasse aussehenden Damen die da dauernd (na ja gut- fast dauernd) um mich
rumschwirren natürlich am liebsten. Aber wenn sich ein dufter Kumpel einfindet, mit dem
man auch mal ein paar gescheite Witze machen kann- da lass ich mich dann auch nicht
lumpen, klaro. Themen hat man doch immer, bin ja vielseitig interessiert. Wo laufen die
heißesten Avinnen rum, welcher Club ist angesagt, Sport, Autos (hab da übrigens ein paar
geile Karren zu hause- Probefahrerinnen bitte rechtzeitig anmelden, hehe!) und vieles mehr.
Ja, ich kenn mich schon aus. Und so`n richtiger Herrenabend ist ja auch mal was feines.
Kann man sich mal unterhalten, wo`s die besten, hehe, Zubehörsachen gibt und so. Ich
mein- ich hab ja meinen Nachnamen nicht zufällig ausgesucht ... ;-)) Wenn ich`s noch
genauer hätt` haben wollen, hätt` ich ja auch noch einen anderen Vornamen genommen. Ich
mein- einen wo was mit der Größe drin vorkommt, ihr versteht schon. HAHAHA!
Ja gut und lamentieren. Hab nachgeguckt, heißt ja soviel wie klagen und so. Ein paar
Sachen gibt's da schon, logo. Also ich sag mal, wenn die Damen sich alles mögliche Zeug
von mir schenken lassen und dann sind`se weg zum Beispiel. Weiß ich auch nicht was das
soll! Und das das SL immer im falschen Moment, also ihr versteht schon, ruckelt (wobei: nix
gegen ruckeln, eigentlich, hehe) oder dann auch einfach abstürzt kurz vorher. Kennt ihr ja
auch bestimmt, ihr wisst Bescheid.
Noble Strandhäuser, schicke Autos und, äh, persönliches Zubehör geht auf die Dauer auch
ins Geld, stimmt schon. Und dann noch neuerdings diese Interlektuellen und Künstler und
so. Die nerven natürlich auch. Und die Frauen von denen- die wollen auch immer nur reden,
reden, reden. Hab ich jedenfalls von Anderen gehört. Mit mir reden die immer nur ganz kurz.
Weiß ich ja auch nicht, was das soll, die sind dann jedenfalls immer schnell wieder weg.
Aber ist ja auch besser so, denk ich mal. Bücher, Ausstellung gucken, Bildergaleeren und so
ein Zeug- und noch nicht mal gescheite Mucke dabei. Ist doch blöde.
Ja gut, dann hab ich ja jetzt doch noch lamentiert. Ist ja vielleicht auch besser so, sonst
geben mir die Zeitungsleute ja vielleicht auch die Mörderkohle von der Anna erzählt hat, gar
nicht. Wenn ich jetzt so „Thema verfehlt" schreibe wie meine Lehrer früher immer gesagt
haben, mein ich. (Obwohl das gar nicht wahr war übrigens!)
Und die brauch ich schon dringend die Linden - hab da einen scharfen Schlitten im Auge zur
Anschaffung. Zweisitzer natürlich. Hehe.
Also dann mal. Und schreibt mal tüchtig an die Reaktion, oder wie das heißt. Dass ihr noch
mehr von mir lesen wollt. Hab da noch ein paar Ideen, so von wegen Motoryacht und so.
Und ich schreib doch auch echt klasse. Müsst ihr zugeben. Also dann macht mal.
Bis die Tage! *Euer Ludwig*

SEKTOR IV.
Glossen

+ Lamm an Meer

+ GESCHLIFFENE PIRATEN

+ SCHATTIGE BAUTEILE

+ STREICHFÄHIG

+ Suchfeld 2.0

.

...Menschen die mich kennen wissen: ich bin Weltbürger und meine Nationalität ist "Mensch". Das hindert mich aber nicht daran, die deutsche Sprache zu lieben.

Ich denke, dies kommt durchaus auch in den hier vorliegenden Glossen recht deutlich zum Ausdruck ...

LAMM AN MEER

Also, zunächst einmal: ich bin Vegetarier. Schon immer. Auch am Meer - und an der Ostsee daher selbstredend allemal! Das bezieht natürlich auch (aber sicherheitshalber doch hier nochmals erwähnt!) sämtliche Fische - und natürlich auch Lämmer mit ein. Zumal diese traditionell ja auch noch als geradezu sprichwörtlich fromm gelten (vergl.: „lammfromm", „sanft wie ein Lamm", u.ä.). Dennoch wurde ein solches kürzlich - zumindest verbalvirtuell - Gegenstand meines theoretischen (!) kulinarischen Interesses.

Erst wenige Sekunden war es her, dass ich mich der rauschenden See abgewandt und langsamen Schrittes durch den feuchtnassen Sand der Strandpromenade wieder genähert hatte. Halbwegs zahlreiche Gedanken und Emotionen hatten mein Gemüt dort durcheilt. Ein alternder, einsamer, kleiner Mann unter einem mit bleigrauen Wolken verhangenem Himmel, in der vorzeitigen Abenddämmerung auf die gischtend ans Ufer schlagenden, grimmig und fast schon mit verhaltenem Zorn heranbrausenden Wellen starrend, hatte ich des Schicksals des Menschengeschlechtes gedacht. Seiner mutmaßlichen Herkunft aus jenem chaotischen Ur-Ozean, seines späteren Frevels an den Schätzen und Wesen der Meere, der Meere, die doch nicht weniger als siebzig Prozent unserer Welt, unserer Erde einnehmen - und sich so ja eines Tages durchaus mit einer einzigen Bewegung, einer einzigen gigantischen Wellenbewegung alles das zurückholen könnten, was doch eigentlich und ohnehin ihnen gehörte ...

Auch andere - settinggerecht trübe - Reflexionen hatten meine Gedanken eher verdunkel, als erhellt.

((Ob diese Gemütsregungen sich auf den Verlust der großen Liebe des Unterzeichners, seinen Welt – und Einsamkeitsschmerz ganz allgemein, oder gar auf seinen vordem nun doch etwas zu sehr und zu intensiv beschnittenen Zehennagel (linker Fuß, Ursache: defekter Nagelschneider) bezogen- dies muss hier und an dieser Stelle jedoch offen bleiben... Schließlich möchten wir dem allgemeinen Voyeurismus nun nicht auch noch hier unnötig Vorschub leisten! Oder - drücken wir es positiver aus: Der geneigte Leser, die geneigte Leserin möge nicht mit - wenn auch im individuellen möglicherweise durchaus sehr bedauerlichen- Einzelschicksalen gelangweilt werden ...!))

A pro pos weitschweifig.
Das Lamm.
Das frische Lamm und das Meer.
Genau.
Oder vielmehr: eben nicht! Nicht genau, sondern ungenau - um nicht sogar sagen zu müssen: schlicht falsch!

Angelangt an jener besagten Strandpromenade, fiel mein noch immer etwas schwermütiger und wirrer Blick unversehens auf - eine Schiefertafel. Und auf eben jener ging es um das in Rede stehende Lamm! Auch andere Protagonisten, wie beispielsweise ein gewisser „tomatisierter Fenchel" fanden dort ihre, fraglos verdiente, Erwähnung - jedoch ist dies eine ganz andere Geschichte. In ansehnlich gesetzten Buchstaben fand sich nun auf dieser Tafel, unmittelbar vor einem Restaurant namens „Medias" (in dem im Übrigen ein vorzügliches Frühstück - und das bis 18 Uhr - serviert wird) Weiß auf Schwarz von charmanter Hand gekreidet, folgende Inschrift: „Lammspieße an mediterranen Gemüse und Röstkartoffeln". Geht nicht. Geht gar nicht. Nun gut - die Kartoffeln sind unschuldig. (Und diese Bewertung hat schier NICHTS, aber auch gar nichts mit meiner allseits bekannten Vorliebe für Kartoffeln im Allgemeinen zu tun - nur um das hier einmal klarzustellen!)

„Lammspieße an Röstkartoffeln"- ok, korrekt, Danke, abhaken, erledigt!

„Lammspieße an mediterranen Gemüse" - niemals. Auf keinen Fall - und in hundert Jahren nicht!

Bevor wir aber nun zum konstruktiven Teil kommen, zunächst etwas, das ebenfalls nicht ginge, nämlich: „Lammspieße an mediterranes Gemüse". Nun gut - dies wäre allenfalls noch vorstellbar innert des Szenarios angreifender, marischer Ostsee-Lebewesen ... Also so etwa in der Art wie: „Lammspieße an mediterranes Gemüse! Achtung, Achtung! Erste Angriffswelle nähert sich dem Meer entsteigend der Strandpromenade! Wehrt Euch! Kämpft!- Mensch, macht was!! Bewerft sie! Am besten mit, ..., äh, ...Röstkartoffeln!?!?"

Oder so. Aber darum geht es hier ja eigentlich gar nicht, richtig.

Nachdem ich mehrere Minuten lang die besagte Schiefertafel intensiv fixiert hatte, durcheilte mich der Gedanke, die dargebotene Formulierung nicht vergessen zu wollen, zwecks einer späteren Ausarbeitung von Optimierungsvorschlägen. Derlei gelingt mir erfahrungsgemäß am besten, wenn ich mir solches notiere. Und zwar schriftlich. Unglückseligerweise führte ich aktuell aber kein geeignetes Schreibgerät mit mir. Ein durchaus engagierter Versuch die besagten Worte mit einem Schlüssel in ein weißes Zettelchen aus meiner Brieftasche einzuritzen, zeitigte im weiteren Verlauf jedoch leider nur mäßige Erfolge. So verfiel ich auf die altehrwürdige Lern-Tradition des so genannten Rezitierens ...
„Lammspieße an mediterranen Gemüse und Röstkartoffeln - Lammspieße an mediterranen Gemüse und Röstkartoffeln - lammspieße an mediterranen gemüse und röstkartoffeln - lammspießeanmediterranengemüseundröstkartoffeln, ...!"
So also, halblaut deklamierend und mit halb geschlossenen Augen, stand ich nun etliche Minuten vor einer Schiefertafel, im Angesicht der gewaltigen, rauschenden Ostsee mitten am Timmendorfer Strand (Ortsteil Nienburg) auf der Uferpromenade bei meinem Versuch diese mit Optimierungspotenzial versehene Formulierung zuverlässig in meinem Gedächtnis zu verankern.
Nach einer gewissen Zeit beschloss ich jedoch, diese Tätigkeit lieber wieder zu beenden - es waren in der Tat ja auch noch einige andere Gäste auf der Promenade unterwegs, denen diese, meine Anstrengungen nicht gänzlich unbemerkt geblieben waren ...
Als schließlich ein Herr (dessen Outfit und biologisches Ambiente beispielsweise die Berufsausübung eines Psychotherapeuten keineswegs ausschloss) mich intensiv zu mustern begann und sich auch eine seiner Augenbrauen nicht unerheblich anhob, brach ich schließlich ab und kehrte möglichst unauffällig, aber zügig in mein Zimmer zurück.

Nun gut - wie die geneigte Leserin und der geneigte Leser bemerkt haben mag, haben meine Anstrengungen ungeachtet dessen ausgereicht. Und - ebenso zutreffend - sollte derjenige der meckert nicht nur kluge Reden in renommierten Tagungsstätten schwingen (und in Alternativkneipen wie dem „TreibSand" in Lübeck herum hängen) - sondern auch konstruktive Vorschläge machen! Darum. Hier und jetzt: „Lammspieße an mediterranem Gemüse"!
Und an „Röstkartoffeln"- selbstredend.

Eventuell auch noch möglich:
„Lammspieße an mediterranen Gemüsen". So kann es sein, so soll es sein. So wird es sein! Hoffentlich.
In diesem Sinne: guten Appetit, vielen Dank - und: Auf Wiedersehen!

(BukTom Bloch)

GESCHLIFFENE PIRATEN

Also. Vorgeschichte. Ich habe da ein wenig eine Macke. (Eine?? Egal.)
Meine Mutter (Reporterin) pflegte mir, als ich noch Schulkind war, stets mitleidig-
herablassend zu sagen: "Aufsätze kannst Du ja sehr gut schreiben, aber Rechtschreibung
wirst Du wohl nie lernen!"
Dies stachelte meinen Ehrgeiz ungemein an. Zwar bin ich auch Heute selbst noch nicht
fehlerlos, jedoch bemühe ich mich - trotz neuer Rechtschreibung - darum und leide immer fast
körperliche Schmerzen, wenn ich Fehler entdecke.
Und ich entdecke sie überall!
So auch im Baumarkt. Das steht doch glatt - in Emaille gebrannt - über einem Regal, es gäbe
dort: "Exenterschleifer". Jauuuuuul! Selbst wenn das mittlerweile die neue Rechtschreibung
zulassen sollte (ich hoffe nicht!), so bleibt dies einfach nur FALSCH!
Es heißt nämlich und natürlich: "Exzenterschleifer"!
(Ausführliche lateinische und eben nicht englische Herleitung gebe ich gern auf Anfrage.)
Zaghaft hatte ich bereits bei vorherigen Besuchen Verkäufer mündlich darauf
angesprochen, jedoch nie den Eindruck gehabt, dass ich mich so richtig gut hatte
verständlich machen können.
Nun hielt ich es nicht mehr aus und schrieb einige Zeilen auf einen der "Ihre Meinung ist uns
wichtig!"Zettel.
Diesen gab ich dann an der Info-Theke ab, bzw. zeigte ihn zunächst einer der Damen dort
und erläuterte das Ganze ein wenig.
"Ex" gleich "von, weg" aus dem Latein und "-zenter" von Zentrum, Sie verstehen? Mit Piraten
hat es dagegen nix zu tun, wegen "-enter", meine ich, ist doch nachvollziehbar, nicht wahr?
Was hat ein Schleifer schon mit der unchristlichen Seefahrt zu tun ... Oder?"
Die Dame hatte die ganze Zeit auf den Zettel geschaut, jedoch war keinerlei Ausdruck
des Verstehens über ihr Antliz geglitten ... Nun wandte sie sich stumm ab.
"Ähm, hm, ich verstehe Sie jetzt so, dass Sie dies nicht so sonderlich interessiert?",
frug ich dann mal so daher.
Irritiert wandte sie sich wieder mir zu und murmelte etwas wie: "Oh, doch! Werde es natürlich
weiterleiten ...". Zufrieden war ich nicht direkt. Aber sie schaute mich auch ein wenig seltsam
an, als wenn sie ganz genau aufpassen müsste, was ich wohl als Nächstes täte.
Ich ging dann lieber.
Ist schon ein paar Monate her.
Über dem Regal steht noch immer: "Exenterschleifer".
Manchmal träume ich nachts.
Von winzigen Piraten, die auf Schleifgeräten mit Enterhaken herumturnen.
Vielleicht feuern sie sich auch manchmal gegenseitig durch aufmunternde Rufe an: "Enter!
Enter!" Und immer so fort ...
Warum ich sowas träume, na ja, das weiß man ja nun ...

(B.Tomm-Bub)

SCHATTIGE BAUTEILE (Glosse von B. Tomm-Bub)

Wie kalt und prosaisch ist doch die Welt der "korrekten Definitionen" ...
Da gibt es ja etwa den herrlichen Begriff "Schattenfuge".
Der hat mir gleich gefallen. ("Tidenhub" und "Überzwerch" wären übrigens weitere solche
Begriffe. Aber egal.)
Korrekt definiert man diesen Begriff jedenfalls so:
"Eine Schattenfuge ist entweder eine Fuge zwischen Bauteilen unterschiedlicher Funktion,
zum Beispiel zwischen einer Seitenwand und einer abgehängten Holz-Unterdecke oder
zwischen einer Bildaußenkante und einem Bilderrahmen. Diese Fuge wird Schattenfuge
genannt und kann gestalterisch betont werden." (Wikipedia)
Aber was soll das!?
Hierzu ist mir nun wahrlich wesentlich Erbaulicheres eingefallen.
Es gibt ja immer eine Person, von der man bestimmte Worte ein erstes Mal hört ... In diesem
Falle handelte es sich hierbei um Nina. Ich schrieb ihr zunächst:
"Schattenfuge" ist ein herrliches Wort. Was es alles bedeuten könnte ...
Ein geheimnisvolles Musikstück, aufgestiegen aus dem Zwielicht des Hades, komponiert von
einer einsamen untoten Seele, z.B. ...
Nina antwortete denn auch:
"In der Tat handelt es sich um eine Komposition Walter Ulrich Liebentreus, eines
Zeitgenossen J.S. Bachs. Einer, der ständig vom Ruhm des großen Meisters überdeckt
wurde, obwohl er doch über mindestens ebensoviel technisches Geschick und Inspiration
(wenn auch über weniger Kinder) verfügte. Der komponierte in einem Anfall von
künstlerischer Verzweiflung binnen 14 Tagen, während derer er weder schlief noch aß, ein
gewaltiges kontrapunktisches Werk - sein Opus maximum und zugleich ultimum, denn kaum
hatte er die Feder beiseitegelegt, kippte er vom Stuhl und starb an Kreislaufversagen. (Als
offizielle Todesursache wurde damals "hitziges Hirnfieber" notiert, während die Kirche von
dämonischer Besessenheit ausging und der obendrein mittellose Musikus in einem
Armengrab am äußeren Rande des Friedhofs beigesetzt wurde.)
Wie durch ein Wunder wurde sein Werk jedoch knapp 200 Jahre später wiederentdeckt, und
zwar von Ludwig Rellstab, demselben Typen, der Beethovens Klaviersonate Nr. 14, op. 27
Nr. 2 ungefragt den Namen "Mondscheinsonate" aufgezwängt hatte. Der erinnerte sich beim
Hören der Komposition an einen Wespenstich, den er mal im Schatten einer Ulme erlitten
hatte, und da der arme Walter Ulrich Liebentreu ja auch immer im Schatten Bachs
gestanden hatte, gab Rellstab dessen letztem Werk den Namen "Schattenfuge"." ...
Soweit Nina.
Das sagte mir nun schon wesentlich mehr zu!
Einige Weiterungen von mir mussten aber denn doch noch folgen:
" ... Und nachts, zwischen Mitternacht und ein Uhr, wenn man auf diesem Friedhof
nachdenklich spazieren geht und über den Wert oder Unwert des Lebens, der Liebe und des
Todes sinniert und versonnen auf dieses von Efeu überwucherte Armengrab hinabsieht ...
dann, ja dann wiegen sich die Äste der Friedhofsbäume im plötzlichen, kühlen Wind und das
Licht des Mondes flackert durch sie hindurch, sodass man meint, der Mond selber führe
einen flatternden Tanz am Himmelszelt auf. Und von Ferne, von weit unten her, hört man
sie, die Töne, die Musik, die Fuge, die Schattenfuge! Sie bringt Kunde vom Leben, vom
Leiden der Wesen, die im Schatten stehen, nicht, oh nein, nicht im Licht, im Schatten, im
tiefen Schatten weben und walten und wirken sie ... Wehmut, Sehnsucht und Andacht legen
sich wie ein schwerer Mantel um unsere Seele, umhüllen sie, umhüllen sie ganz und treiben
sie fort, weit fort, hinaus, hinaus aus unserem Körper gar. Machen sie selbst zum Schatten ...
und treiben sie hinfort ins Unendliche."
Ich denke, so wird das etwas mit der „Schattenfuge“. Oder!

(BukTom)

STREICHFÄHIG (Glosse von B. Tomm-Bub)

Kürzlich stand ich viele Minuten auf der Straße herum und starrte auf ein
Brotreklame-Plakat. (Was die anderen Passanten für eine Theorie über
meinen Geisteszustand derweil entwickelt haben, weiß ich nicht ...)
Die sich dort präsentierenden Werbesprüche enthielten zwei Fehler.
Den einen bekomme ich jetzt hier nicht mehr ganz zusammen.
Der andere ging so: "Das Brot ist sehr streichfähig!"
NIEMALS ist es das!
Ich halte es schon für äußerst (!) zweifelhaft, Butter, Margarine et al. als
"streichfähig" zu bezeichnen.
Diese Substanzen mögen durchaus tolle Fähigkeiten haben, ich will hier
niemanden diskriminieren!
Aber ich kann sie mir extrem schlecht vorstellen, wie sie - jetzt mal nur als
Beispiel - mit einem Pinsel "bewaffnet" bei mir zu Hause die Raufasertapete
streichen ...!
Und das auch noch "fähig".
Und erst das Brot. Niemals nicht ist es "streichfähig".
OK, der aufmerksame Betrachter ahnt ja schon, was wirklich gemeint ist:
"gut streichbar" oder "gut verstreichbar", klar ...
Jedenfalls was die Butter, etc. betrifft.
Was nun jedenfalls vor meinem inneren Auge auftauchte, als ich geraume
Zeit auf das Plakat starrte, war eine überdimensionale Hand, die, mit
übermenschlicher Kraft ein entsprechendes Messer führend, das komplette
arme Brot irgendwohin schmierte. Zum Beispiel an die Scheibe des Bäckers,
Verzeihung, der "Back-Factory". Oder an eine Tür.
Die des Werbetexters etwa ...
Schließlich hat der uns diesen „Streich" gespielt!

(BukTom)

Suchfeld 2.0

oder
Angela versteht auch Dich

Endlich wird auch mir klar, was das denn da nun so auf sich hat, das mit der "neuen webwelt".
Denn Angela - so etwas hat es früher nicht gegeben!
Ihr kennt Angela noch nicht? Das wird sich ändern.
Ich persönlich finde die Dame kultverdächtig.
Wer ist sie denn nun? Nun, sie ist "Ihre virtuelle Buchhändlerin" und bietet in einem Dialogfenster eines Online Bookshops Ihre Dienste an.
Zwar hochgeschlossen gekleidet und mit züchtig zusammengefasstem Haar, aber dennoch liebreizend anzusehen, schaut sie einen an, winkt fröhlich und treibt immer mal einen kleinen Schabernack.
Von meinem ersten Zusammentreffen mit ihr zu berichten, ist mir teils ein wenig peinlich - dennoch darf ich euch dies hier nicht vorenthalten, denke ich ...

Nach irgendeinem Klick auf einer anderen website landete ich also in diesem Online- Bookshop. Auf der linken Seite gab es mancherlei Buchangebote
und rechts oben, da, ja da war Angela. Vor dem Hintergrund einiger Buchregale winkte sie mir zu und stellte sich mir in der Dialogbox vor.
"Hm, wieder so ein pseudolustig aufgepepptes Suchfenster!", dachte ich bei mir.
"Soso - Angela ... Und helfen will sie mir!"
Kurz erwog ich als Buchtitel "Sepher Jezirah in deutscher Sprache" einzugeben.
Außer einer Fehlermeldung würde das ja aber doch wieder nichts weiter produzieren!
Und dann, na ja, dann tat ich etwas uncharmantes.
Ihr müsst verstehen: niemand war in der Nähe, die Midlifecrisis, der Frühling ...
Außerdem war es nur Spaß und geschah selbstverständlich auch nur studienhalber!
Und so was ist auch sonst nicht meine Art - ohne Quatsch jetzt!
Na ja, jedenfalls - also gut. Ich gab nun jenes verbreitete, aber dennoch rohe Wort für das intime gegengeschlechtliche Beisammensein von Menschen ein, welches mit "F....." beginnt, und versah es mit einem Fragezeichen.
Fehlermeldung? Weit gefehlt! Angela reagierte durchaus individuell! Schockiert - nein das war sie nicht. Angela hat schließlich für alles Verständnis. "Oh, Sie interessieren sich für Erotik! Na, da zeige ich Ihnen doch gleich mal, was wir da alles so Schönes haben!" Und schwuppdiwupp erschienen auf der Seite entsprechende Buchtitel.
 Ich rückte meine nicht vorhandene Krawatte zurecht, errötete ein wenig und überlegte mir, dass ich da jetzt wohl einen etwas einseitigen Eindruck hinterlassen hätte.
Geschwind gab ich "Mord" ein. Angela war es sehr peinlich, aber sie wusste nicht auf Anhieb, was ich meine. "Na ja - vielleicht zu brutal? Oder ein zu abrupter Themenwechsel!", dachte ich mir und versuchte es mit "Totschlag".
Angela war es NOCH peinlicher, sie bat mich, nochmals umzuformulieren. Fieberhaft überlegte ich - und kam endlich auf das erlösende "Krimi". Da freute sie sich,
schlug mir etliche Bücher vor und bot an, noch auf "Horror" zu erweitern, wenn ich mich "mal so richtig schön gruseln wolle".
Während ich noch eine Weile überlegte, stellte ich plötzlich entsetzt etwas fest: Angela war weg! Die Buchregale waren noch zu sehen, aber sie war weg - und kam auch nicht zurück ...
"Was habe ich da bloß angerichtet!", dachte ich.
"Ist es, weil ich noch kein einziges Buch bestellt habe? Oder doch noch wegen vorhin?" (Ihr wisst schon ...)
Verzweifelt gab ich ein "Sorry!" ein, und - hurra, gleich war sie wieder da!
"Macht doch nichts! Davon geht doch die Welt nicht unter!", schrieb sie tröstend in die Dialogbox. Mensch, war ich erleichtert.

Nach dem ganzen unangenehmem Kram wollte ich nun etwas Positiveres anbieten - und traf
voll ins Schwarze! Auf die Eingabe "Liebe" meinte Angela mit verträumtem Blick:
"Ach, die Liebe ist doch das Schönste auf der Welt! Schauen Sie nur, was wir alles für
Bücher dazu haben ..." Die auch prompt in der Anzeige erschienen.
Ich schaute nun ein wenig herum (eigentlich interessiere ich mich ja nicht wirklich für
Liebesromane ...) und Angela wartete geduldig. Das heißt: soo geduldig nun auch nicht.
Wollte sie mich zum Kauf animieren - oder vielleicht doch nur zeigen, dass sie mir wirklich
nichts, aber schon gar nichts aus der Vergangenheit übel nahm? Jedenfalls malte sie dann
tatsächlich zwischendurch schnell einmal mit ihrem Lippenstift ein Herz auf den Bildschirm,
lächelte verwegen, ließ es dann aber schnell wieder verschwinden. (Vielleicht war ja ihr Chef
in Sicht?!)
Schließlich bot sie noch an, ich könne ihr ja auch durchaus mal direkt eine E-Mail senden
und schrieb mir ihre Adresse auf.
Anschließend riefen mich dann aber andere Pflichten, leider. So kann ich mehr nicht
berichten.
Aber vielleicht besucht ihr sie ja selbst einmal.
Denn ich bin sicher: Angela versteht auch Dich!

MfG BukTom

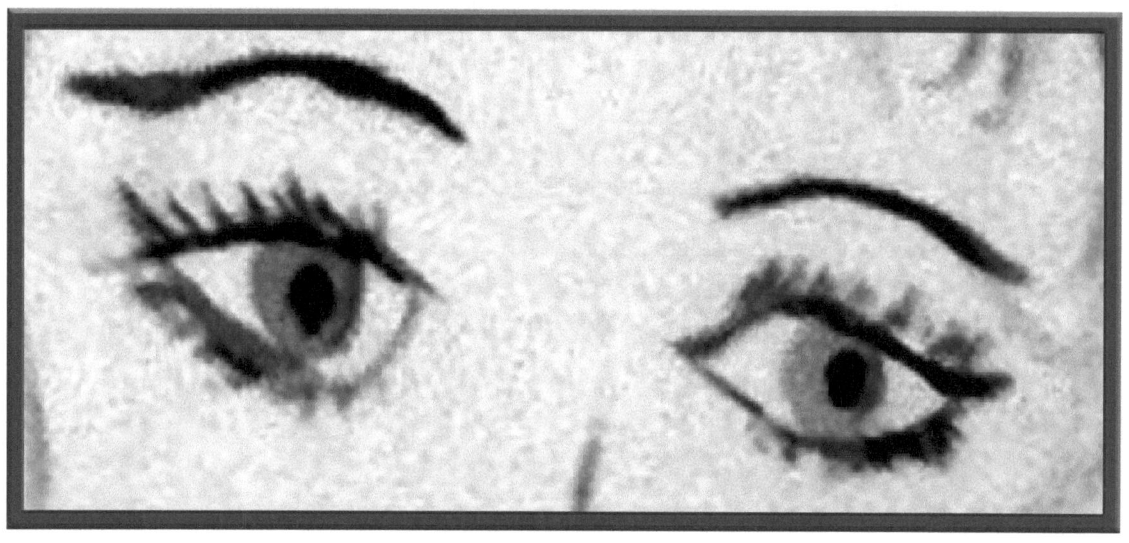

SEKTOR V.

Performance–Texte

"1. Film-Poetry-Slam!" (Mannheim)

„Krawattenmann" (Ludwigshafen)

„Im falschen Film" (Poetry-Slam, Mannheim)

Ein **Poetry-Slam** (englisch: Poesiewettstreit oder Poesieschlacht, ... ist ein literarischer Vortragswettbewerb, bei dem selbst geschriebene Texte innerhalb einer bestimmten Zeit einem Publikum vorgetragen werden. Die Zuhörer küren anschließend den Sieger. Ausschlaggebend ist dabei, dass der Textvortrag durch performative Elemente und die bewusste Selbstinszenierung des Vortragenden ergänzt wird. Die Veranstaltungsform entstand 1986 in Chicago und verbreitete sich in den 1990er Jahren weltweit. Die deutschsprachige Slam-Szene gilt nach der englischsprachigen als die zweitgrößte der Welt. (wiki)

Performance wird eine situationsbezogene, handlungsbetonte und vergängliche (ephemere) künstlerische Darbietung eines Performers oder einer Performancegruppe genannt. Die Kunstform hinterfragt die Trennbarkeit von Künstler und Werk sowie die Warenform traditioneller Kunstwerke. (wiki)

Buero für angewandten Realismus:
Performance-Gruppe seit 1984 in Ludwigshafen.
Niveau unter Null:
jährliche, dreiteilige Veranstaltung des Bueros
(Ausstellung, Performance-Nacht, Auktion).

Ist das Kunst? Oder kann das weg?

Das entscheiden die Leser*innen!

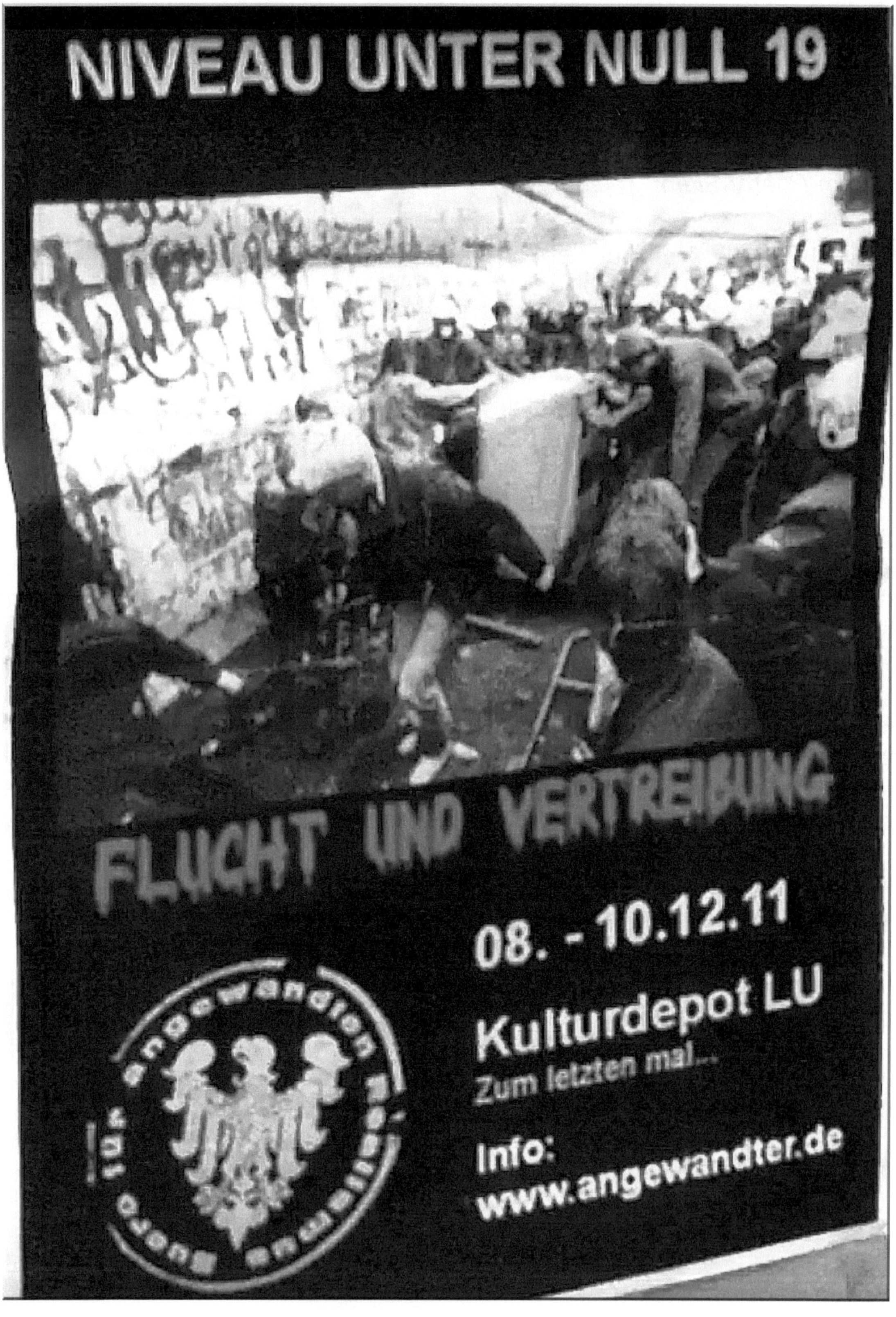

NIVEAU UNTER NULL 19
FLUCHT UND VERTREIBUNG
08. - 10.12.11
Kulturdepot LU
Zum letzten mal...
Info:
www.angewandter.de

1. Film-Poetry-Slam!

POETRY-SLAM Mannheim
28.11.09, 19:30 Uhr

"Guten Abend!
Guten Abend!

Guten Abend - ich bin Burkhard Tomm-Bub, die Steuereinheit von BukTom Bloch.
Guten Abend - ich bin BukTom Bloch, die Steuereinheit von Burkhard Tomm-Bub.

Wie dem auch sei!
Wie dem auch sei!

Burkhard Tomm-Bub liest soeben etwas vor, beim Poetry-Slam in Mannheim.
BukTom Bloch betreibt im Internet Drei D, im Web Drei D, eine unkommerzielle Bibliothek.
Eine nicht kommerzielle Bibliothek in einer realen Internetwelt.
Gesteuert aus der virtuellen (?) Wirklichkeitswelt.

Wie dem auch sei.

Wir schauen auch Filme in jener Welt.
Filme, die dort gedreht wurden.
Und Filme, die aus jener anderen, seltsamen Realwelt stammen.
Merkwürdig. Alles sehr merkwürdig.

Wie dem auch sei.
Die Erste Welt, das First Life.
Die Zweite Welt, das Second Life.

Das Zweite Leben ist kein Spiel.
Das Erste - wahrscheinlich - auch nicht.

Aber es gibt eine Spielfigur.
Und es gibt jemanden, der Regie führt.
Es ist ein Film.
Ein interaktiver Film, zugegeben. Aber ein Film.

Im Zweiten Leben werden auch Theaterstücke aufgeführt.
Manchmal werden diese auch gefilmt.
Und die Filme dann später vorgeführt.

Mich erinnert das alles an Fraktale.
An Fraktale, an selbstähnliche Muster, Muster aus sich selbst zusammen gesetzt,
nach oben und unten prinzipiell unendlich ...
Vielleicht können wir alle das Kleine Einmaleins nicht.
Vielleicht fangen wir alle an der falschen Stelle an zu zählen.

Oder- wie sagte es einmal ChuangChe, der taoistische Second-Life- Avatar,
der in seinem Avatartraum die Grenzen zwischen der virtuellen Wirklichkeit
und der Welt des Realen infrage stellte:
"Heute habe ich geträumt, ich sei ein First Live-Bewohner im realen Leben.
Woher weiß ich jetzt, ob ich ein Avatar bin, der glaubt, geträumt zu haben,
ein First Live-Bewohner zu sein, oder ob ich nicht vielleicht doch ein First Live- Bewohner bin,
der jetzt träumt, ein Avatar zu sein?"

***

Das war es im Prinzip, was wir euch sagen wollten.

Eines aber noch.

Ihr kennt sicherlich den Film "Die Truman Show".
Ich persönlich denke, das war kein Spielfilm.
Es war eine Dokumentation.
Allerdings eine mit einer wichtigen Realitätverfälschung.
Truman war keineswegs die "einzige reale Person" im Film -
er war der einzige Schauspieler. Alle anderen waren echt.
Sie wussten es nur nicht.

In diesem Sinne:
Vielen Dank! Vielen Dank!

BTB"

Krawattenmann

Niveau unter Null 2012. Der Freitag. Performance-Nacht. BukTom Bloch als "Der Krawattenmann".

Hystricomorpha

Schmäht nicht Hoplomys gymnurus / sonst schwillt mir die Krawatte / denn ich red` hier keinen Stuss / sie macht nicht "Kra", braucht keine Watte! / Doch reimt sie sich zum guten Schluss: / man kennt sie auch als Stachelratte!

***

Matte Krawatte I.

Bundestagsempfangsdebatte:
Marmorplatte, Bratenplatte. Miniplatte
Wehrdebatte, wechselplatte
Zwischenlatte, spiegelglatte
Abschirmplatte! Übersatte Panzerplatte!

***

Matte Krawatte II.

Plusplatte, satte Wirtschaftsdebatte:
- glasglatte Abziehlatte! Sohlenplatte
Sprechplatte, schattenmatte Scheinrabatte.
Lohndebatte innehatte Minuslatte.
Führungsplatte Altfregatte hatte matte
Schädelplatte!

Mit freundlichen Grüßen *BukTom Bloch*
aka *Burkhard „Tom" Tomm-Bub, M.A.*

P.S.: Der Spendeaufruf dieses Jahr: Für feministische Projekte.

Z.b. "Filia - die Frauenstiftung" oder
Tritta e.V. - Verein für feministische Mädchenarbeit e.V.
oder regional an das

Frauenhaus Ludwigshafen
Spendenkontonummer:
Frauenhaus Ludwigshafen e.V.
Sparkasse Vorderpfalz Kontonummer 50 44 23
Bankleitzahl 545 500 10

"Jede Unterstützung ist willkommen – wir freuen uns sowohl über Geld- als
auch Sachspenden."

***

Der *Film* ist hier:

http://www.youtube.com/watch?v=uRnMAecXCMM

Im falschen Film

FILM-POETRY-SLAM Mannheim 2010

Ansage:

FALSCHER FILM

Burhard Tomm-Bub, Jahrgang 1957, auch bekannt als BukTom Bloch, ist zur Zeit recht
krank, versucht aber trotzdem, nicht die Klappe zu halten.
Er führte schon einige Lyrik- Lesungen durch, war beim Poetry-Slam des (echten!) Festivals
"Umsonst & Draußen" 2008 in Vlotho dabei und bereits auch schon einmal Gast beim
hiesigen "Film-Poetry-Slam".
Sein Avatar lebt in der Virtual Reality und betreibt dort die unkommerzielle Bibliothek
Pegasus, sowie das sozial-kreative Projekt "SoKS".

Der Text:

FALSCHER FILM!

Guten Abend!

Als ich eingeladen wurde, heute Abend teilzunehmen, dachte ich mir:
Nein. Geht gar nicht. Mache ich nicht.
Nach meinen ganzen Operationen kann ich nicht mehr gescheit sprechen.
Da wär` ich im falschen Film!

Im falschen Film - na ja!
Da hatte ich aber doch plötzlich schon ein Thema.
Und kein falsches.

Also ist das Thema heute doch hergekommen
-und hat mich mitgebracht.

Wenn jemand etwas akustisch nicht versteht - wir verteilen Vistitenkarten mit meiner website-
Adresse.
Dann könnt ihr es am Bildschirm nachlesen.
Aber nur, wenn ihr wollt.

... - Bitte die Vistenkarten jetzt aber noch NICHT umdrehen! Danke.

Ich würde euch heute gern vieles über Bücher erzählen. Über meine unkommerzielle
Bibliothek im web 3D.
Geht natürlich nicht - da wären wir im falschen Film.

Ich weiß auch nicht, ob ich lustig genug bin. - Vielleicht sind wir da auch im falschen Film.
Aber - wir werden sehen.
Oder zumindest hören!
:-)

Mein Vater selig hat immer gesagt:
"Spare in der Not - dann hast Du Zeit dazu!"
Das habe ich nach meiner Diagnose nicht gemacht. Da dachte ich auch, ich bin im falschen
Film.
Aber Zeit hatte ich und daher schaute ich viele DVDs.

Auch da waren viele falsche Filme dabei - die verkaufe ich jetzt aber bei ebay.

Aber darum geht es nicht.
Wir sind oft im falschen Film, glaube ich.
Wenn wir nicht mit dem Menschen zusammen sein können, den wir lieben, zum Beispiel.
Aber darum geht es jetzt auch nicht.
Wir sind zu oft im falschen Film, glaube ich.

Und NEIN- ich brauche euch nicht zu sagen, worum es denn nun geht.
Ihr habt Augen zu sehen, Ohren zu hören, Köpfe, um zu denken.
Und ihr werdet nicht darauf verzichten.
Und ihr wisst das selbst!
Wäre das nicht so - wäre ich hier im falschen Film!

Und jetzt - jetzt könnt ihr die Vistenkarten auch gern einmal umdrehen. ...
Eventuell werdet ihr enttäuscht sein, dass die Rückseite nur noch teilweise für
Notizen nutzbar ist.
Wenn es so ist - tut es mir leid.
Und ich sag` ja auch schon gar nicht mehr viel.

Aber eines doch noch.
Ich finde, wir sollten alle Schauspieler werden.
Mindestens.
Mindestens Schauspieler!
Oder brauchen wir wirklich Statisten? Wollen wir tatsächlich alle nur Komparsen sein?
Ja.
Aber nur - wenn wir im falschen Film sind!

So - das war es schon.
Ich wünsche euch allen gute Besserung!

Vielen Dank!
BukTom Bloch

Und hier noch die Vistenkarte:

Vorderseite:
(Name, Adresse, usw. des Vortragenden)

Rückseite:

"Verzichte

Neben dem akuten
greift leider auch
der chronische
Denkverzicht
immer weiter um sich.

Bei wem
lassen SIE denken?

      B. Tomm"

Sektor VI.
Krimis (zwei Kriminalgeschichten)

„Absehbares Ende" entstand schon vor recht vielen Jahren. Die geschilderten Ereignisse fanden allerdings tatsächlich so statt. Jedoch, das sei zugestanden, dies nur bis zu der Stelle, an der die beschriebene Pause begonnen hatte.
Und krank war ich damals auch nicht, das kam dann erst mehr als 15 Jahre später. Und: ich habe es überlebt.

„Geringe Mitnahme-Effekte -ein jobcenter-Krimi-" entstand dann wesentlich später. Aber, und das kann gar nicht oft genug und nicht klar genug immer wieder und wieder betont werden: Diese Geschichte ist natürlich absolut und völlig fiktiv und ausgedacht und ersonnen. Ganz bestimmt.
Darauf gebe ich der gesamten deutschen Öffentlichkeit mein Ehrenwort – ich wiederhole: Ich gebe Ihnen mein Ehrenwort!
(Und ich habe glücklicherweise auch gar keine Badewanne!)
Ähm, ja. Gleichwohl!
Übrigens: Am Ende dieser Story befindet sich ein Glossar. Wer mag - gern vorblättern.

Krimi : Absehbares Ende

``Ein absehbares Ende - sicherlich!``, dachte er und das seltsame, diffuse Gefühl stieg wieder
aus der Magengrube in ihm auf. Seine Hände verkrampften sich leicht und unruhig starrte er
hin und her.
Vor wenigen Wochen war er beim Arzt gewesen.
Er kannte sich mit Medikamenten ein wenig aus, von früher her, daher wusste er auch genug
von etlichen Krankheiten und ihrer Diagnose.
Aber eigentlich war es ganz unwichtig, so ging es ihm durch den Kopf, wie das verdammte
Ding nun genau hieß, das in ihm saß und ihn letzten Endes auffressen würde!

Der Tod würde kommen und ihn mitnehmen, nichts anderes war es, das ihn erwartete.
Sicher, ja, er hatte gehört, was der Medikus ihm gesagt hatte. "Hoffnung gibt es immer ...
verschiedene Therapien möglich ..." und so weiter, bla, bla ...
Ich weiß zuviel!", dachte er - konnte aber über das Reißerische dieses Gedankens
verständlicherweise nicht einmal mehr lachen. Er selbst gab sich keine Chance mehr.
Eigentlich war er ja ein kämpferischer, jedenfalls irgendwie zäher Charakter, aber in dieser
Lage? Er hatte ganz einfach ein paar medizinische Bücher zu viel gelesen, so war das.

Nur noch kurze Zeit, dann würde das Siechtum beginnen, begleitet von den ``verschiedenen
Therapien ...`` (Ha!)
Nein, das war es nicht, was er wollte.
Lange hatte er gewartet, dass endlich einmal ein ``richtiger``, größerer Verlag seine Gedichte,
seine Lyrik druckte und veröffentlichte. Kleine Verlage hatten gegen "Unkostenbeteiligung"
schon den einen oder anderen Text von ihm gebracht, ja, auch in einer überregionalen
Bäckereizeitung war schon einmal etwas von "Wolfgang Werner" erschienen. Aber: was
war das alles schon? Nichts.

Niemand hatte ihm wirklich zugehört, ihn verstanden, nein.
Dabei war es keineswegs so, dass er sich für ein Genie hielt oder einen "begnadeten
Dichterfürsten" sicher nicht!
Er war einfach der Meinung, dass Lieder und Geschichten und vor allem eben auch Gedichte
den Menschen etwas geben konnten und etwas zu sagen hatten - und zwar allen Menschen.
Sie mussten nur zuhören!
Aber kaum noch jemand las dergleichen, woran bestimmte Verlage, die Werbung, eben der
Kapitalismus nicht unschuldig waren, oh nein!

Und nun war da dieses Konzert.
Der prächtige, nein, eher beeindruckend zu nennende Dom des kleinen Städtchens Speyer
gab die Kulisse für das große Open-Air-Ereignis. Eine Andachtsstätte zwischen den
grünen Hügeln von Pfälzerwald und Odenwald - so schwangen seine Gedanken einen
Moment lang lyrisch aus, kehrten aber sogleich in die bittere Realität zurück.
Es war gar nicht so einfach gewesen, die scharfe Waffe (eine Pistole) zu besorgen, die recht
natürlich wirkende Handgranatenatrappe war da schon leichter beschaffbar gewesen.
Wobei, so sinnierte er, die Beschaffung gar nicht einmal das Hauptproblem gewesen war,
die finanzielle Seite hatte sich dafür aber etwas knifflig gestaltet. Er lebte nämlich seit einigen
Jahren ein ziemlich ruhiges Leben, ganz im Gegensatz zu früher. Brav ging er jetzt seiner
Arbeit nach, nicht ganz ohne einen gewissen Ehrgeiz, doch nicht fanatisch und für einen
ganz annehmbaren Ehemann hielt er sich ebenfalls. So lief alles geregelt.

Er hatte noch zu niemandem etwas gesagt, auch nicht zu seiner Frau, die nun neben ihm
saß. Bis zum letztmöglichen Moment wollte er sie nicht unnötig belasten, hatte sie doch
genug eigene Probleme ... Zum Beispiel fürchtete sie dauernd, sie habe irgendeine schlimme
Krankheit. Welch eine Ironie!, dachte er bitter.
Sie hatte aber von den Geldausgaben nichts bemerkt, erst in neun Tagen war wieder ein
Bankbesuch fällig, an dem der Fehlbetrag hätte auffallen können. Nun ja, dies alles war nicht

so einfach gewesen, doch nun saß er hier wie achttausend andere Kulturliebhaber auch. Montserrat Caballe, die vielseitige Opernsängerin, würde begleitet von Orchester und ihrer Tochter, einen wahrhaftigen Kunstgenuss ermöglichen.

Es hatte geregnet "wie aus Eimern", anders konnte man die klimatischen Verhältnisse wirklich nicht mehr beschreiben, doch der Wettergott wollte es nur ein wenig spannend machen: Zehn Minuten vor Beginn der Veranstaltung riss der Himmel auf und seit einer Stunde (gleich würde die Pause beginnen) war es vollkommen trocken und auch die Temperaturen ließen sich so gerade eben ertragen.
Es war bislang ein herrliches Konzert gewesen, doch damit konnte er sich innerlich nicht mehr so recht befassen. Er dachte über einiges nach, so über seinen Bruder Michael, der nun schon zum zweiten Male in einer Langzeittherapie war. Der Alkohol und anderes hatten ihn ziemlich fertiggemacht. Sie hatten kaum Kontakt zu ihm, er wohnte ja auch weit weg ... Doch - er würde dem, was er vorhatte, nicht nur Negatives abgewinnen können, da war er sicher! Nur das Ende, das war halt leider absehbar.

Ein wenig schuldbewusst war er durchaus, denn seine Frau würde er nun gleich maßlos schockieren. Das tat ihm leid, aber er konnte es nicht ändern!
Auch bedauerte er natürlich, dass die vielen Menschen jetzt nur ein halbes Konzert der wunderbaren Caballe erleben konnten. Aber dafür würde er ihnen etwas ebenso Spannendes bieten können und zwar - wie er zumindest hoffte - etwas von annähernd derselben künstlerischen Qualität.
Da war die Pause!
Halblaut verkündete er, leider einmal austreten zu müssen, nickte seiner Frau noch einmal kurz zu und strebte dann zunächst tatsächlich in Richtung der links neben der Bühne gelegenen Toilettenhäuschen. An einigen Security-Leuten (es stand wahrhaftig ``Security`` auf den Jacken der meist hübschen jungen Mädchen, die hier die Programme verkauften!) und vielen anderen Menschen zwängte er sich zunächst vorbei, bis er schließlich fast den Bühnenrand erreicht hatte.

Was darauf folgte, war einige Tage hindurch die Meldung des Tages in den regionalen Zeitungen und - kurzfristig - auch in den überregionalen. Allgemein machte das Wort vom "Drama am Dom" die Runde.

 Das las sich dann zum Beispiel so:

"Speyer. Am Samstag, den 7. Mai spielten sich gegen 21 Uhr dramatische Szenen ab. Vor der Kulisse des Speyerer Domes wurde zu diesem Zeitpunkt ein Konzert der Sängerin Caballe gegeben. Am Ende der Pause erkletterte ein offenbar geistesgestörter Mann die Bühne. Da er mit einer Maschinenpistole und einer Bombe bewaffnet war, sich im übrigen aber "dezent und höflich", wie es hieß, verhielt, geriet das Publikum glücklicherweise nicht in Panik.

Der Geistesgestörte, Wolfgang W. aus Ludwigshafen, verlas dann eine Erklärung und trug einige Dutzend Gedichte vor, wobei er die Waffe stets im Anschlag, wohl auf den Pianisten, hielt.
Da sein Tun etliche Zeit in Anspruch nahm, gelang es der Polizei, Scharfschützen im Erkerfenster eines angrenzenden Hauses zu postieren. Hauptmeister Fender gelang dann der rettende, für den Attentäter allerdings tödliche Schuss.
Nach unbestätigten Berichten soll Wolfgang W., diese Identität ermittelte später die Kriminalpolizei, seinen Vortrag zu diesem Zeitpunkt allerdings bereits beendet haben. Eine Augenzeugin berichtete sogar, er habe "sehr diskret" die Waffe an die Sängerin Montserrat Caballe ausgehändigt und sich bei dieser entschuldigt. Ob zu diesem Zeitpunkt weiterhin die Gefahr bestand, dass der geistig verwirrte Mann doch noch die Bombe zünden könnte, ist unbekannt."

Diesem sehr exakten Bericht ist sicher nichts hinzuzufügen.
Doch, vielleicht das:

Der, bei dem Konzert übrigens anwesende, Reporter Hermann Loskill hatte diese Reportage gleich "vor Ort" verfaßt. Dies keine schlechte Leistung, da er doch fast die gesamte Zeit im Hintergrund am Weinstand verbracht hatte.
Ein wenig länger war sein Bericht gewesen. Er hatte am Schluss noch eine andere Augenzeugin zitiert, die ausgesagt hatte, die Gedichte seien "sehr schön, teils lyrisch, teils lehrreich" gewesen, trotz alledem!

Wie schon von Loskill geahnt, hatte es aber wieder ein ziemlich hohes Anzeigenaufkommen gegeben.
Zeitungsberichte werden von"hinten nach vorne" zusammengestrichen.
Tja, dachte er, das war absehbar!

-ENDE-

Krimi: Geringe Mitnahme-Effekte (und Anhang)

(von Burkhard Tomm-Bub)

Disclaimer
Die hier geschilderten Orte, Ereignisse und Personen sind nicht
faktual.
Sie heißen nicht so, haben sich nicht so abgespielt, äußerten sich
nicht so.
Insbesondere sind Personen die "Ansichten" äußern, keinesfalls mit
real existierenden Menschen zu identifizieren, und entsprechende
Zuordnungen können daher gleich in mehrfacher Hinsicht nicht, ich
betone: - nicht - vorgenommen werden.
Des Menschen Unterbewusstsein und seine Phantasie sind aber ein
wildes, ein buntes und manchmal auch ein gefährliches Land.
Da es mir fernlag, freundliche und fleißige Menschen in irgendeiner
Form zu verärgern oder zu beleidigen, schien es mir besser,
ausdrücklich darauf hinzuweisen, dass dies nur ein harmloser, kleiner
Krimi ist, der gut und angenehm unterhalten soll.
Darauf gebe ich Ihnen mein Ehrenwort – ich wiederhole: Ich gebe
Ihnen mein Ehrenwort!
Mit freundlichen Grüßen
Burkhard Tomm-Bub, M.A.
Ludwigshafen am Rhein, 2014

Geringe Mitnahme-Effekte

Vor ihm saß eine Mörderin.
Zumindest hielt sich Frau Rugova selbst für eine solche, wie sie immer
wieder einmal in sich hinein wimmerte.
Kommissar Hanneboes aber war sich hingegen dieser Sache noch
gar nicht so sicher. Dies war nur eine erste Vernehmung im Revier,
sogar der Tatort wurde zur Stunde noch weiter untersucht.
„ … ich, ich habe sie umgebracht, … ich habe sie gemordet … wie
konnte ich das nur machen …“, hörte man nun wieder.
„Also. Frau Rugova. Nun lassen Sie uns das mal in Ruhe und von
Anfang an durchsprechen. Ok?“, bemühte sich Hanneboes mit
ruhiger, aber klarer Stimme um etwas Struktur.
Die Rugova nickte mehrmals kurz mit halb gesenktem Kopf und
niedergeschlagenem Blick.
„Sie sind also heute mit dem festen Vorsatz zu ihrer Putzstelle im
Business-Hotel Höhn gegangen, Frau Enthess töten zu wollen, und
sie hatten da auch einen ganz konkreten Grund für diese Tat?“
Überrascht blickte Jozefina Rugova auf und schüttelte den Kopf.
„Nein, nein, dass ja nicht. Sicher, ich mochte sie nicht leiden, sie war
keine gute Frau, wissen Sie, kein guter Mensch, wirklich! Aber ich
habe ihr niemals das gesagt Ich bin nur Putzfrau hier, auch wenn es
heißt Zimmermädchen, und mein Diploma aus dem Balkan, nichts ist
es hier wert. .. Ich war so verzweifelt. Und sie hat Sachen zu mir
gesagt. Nein …, ich …“
Sie schwieg und hatte offenbar den Faden verloren und begann nun
zu weinen.
„Hören Sie, Frau Rugova. Wegen Ihrer Kinder. Wir haben gerade
noch einmal angerufen in der Klinik.“

Jozefina Rugova sprang auf und beugte sich aufgeregt weit über den Schreibtisch, sodass Hanneboes unwillkürlich etwas zurückwich.
„Was ist mit ihnen! Sind sie tot. Leben sie? Sagen Sie doch, Kommissar. SAGEN SIE! Ich hätte doch gehen sollen zu ihnen." Sie schluchzte.
„Sie leben, Frau Rugova, hören Sie, sie leben!", Hanneboes blickte sie fest an. „Und Sie könnten jetzt gar nicht zu ihnen, der Zustand … ist noch immer kritisch. Sie sind beide noch auf der Intensivstation. Das wird auch mindestens einige Stunden noch so bleiben! Und, hören Sie, Frau Rugova - die Ärzte wollen Ihnen keine Versprechungen machen. Aber: es hieß, beide Kinder seien von guter Konstitution, seien kräftig und hätten wohl viel Lebenswillen …!"
Jozefina Rugova sank auf ihren Stuhl zurück. „Ja, darf ich nicht zu ihnen. Hat Arzt auch am Telefon gesagt, als er mich nach dem Unfall angerufen hat, aus der Klinik.", murmelte sie.
Sie schaute hoch zum Kommissar. „Wissen Sie, ich habe gerufen in das Telefon, dass ich sofort kommen werde. Aber der Doktor hat immer wieder gesagt, ich kann es tun, aber ich kann sie nicht sehen und nichts machen und er ruft mich SOFORT an bei Änderungen!"
Sie senkte den Blick, legte die Hand an die Stirn, sodass diese ihre Augen verdeckten, und fuhr mit gepresster Stimme fort. „Ich habe mich auf eine Bank unterwegs gesetzt und viel geweint zuerst, Herr Kommissar. Unser Sohn Ralph ist in einer Realschule und Inge schon im Gymnasium, zweite Stufe. Sie sind tüchtige Kinder und sind freundliche und hilfsbereite. Wir waren so froh, dass sie keinen Krieg erleben mussten, wie mein Mann, der Janez, und ich!"
Sie zog unwillkürlich den Kopf ein, als wollte sie sich ducken.
„Und dann – ich war dadurch schon so spät. Ich komme niemals zu spät, nie, außer wenn ich vielleicht SEHR krank gewesen bin. Ich wollte zumindest hingehen zum Höhn-Hotel, um eine Erklärung zu geben, persönlich. Es ist doch Pflicht und mein kranker Mann, die Kinder müssen doch in Deutschland bleiben, es … also, wir …".
Sie stockte.
„Hören Sie, Frau Rugova," schlug Hanneboes nun vor, „erzählen Sie mir doch am besten einmal alles ganz von Anfang an und der Reihe nach. Wie Sie nach Deutschland kamen und wie es dann weiterging, mit dieser Arbeitsstelle und all das. Dann können wir das in Ruhe anschauen – und ich verstehe es auch alles viel besser. Und das möchte ich doch, Frau Rugova, sehen Sie." Er blickte sie freundlich und aufmunternd an.
Sie nickte zögernd.
„Wie wir daher kamen, es ist nicht viel zu sagen …", begann sie etwas stockend, „wir flohen vor dem Krieg dort, es war grausam, vor etlichen Jahren. Und wir durften nach Deutschland. Alles war kaputt dort – mein Mann und ich hatten beide eine gute Ausbildung und Studium, mit Diplom. Mein Mann – er war in einem Zimmer, mit anderen Menschen, als eine Granate hineingeworfen wurde. Sein Körper, wissen Sie, er hat allein überlebt, es war ein Wunder, fast ohne Verletzung. Aber er hat immer viel Angst, oft. Seit Jahren, es ist schlimm. Er hat zu Hause so gut Deutsch gelernt wie möglich. Ich auch in einem Kurs, aber wir hatten ja die beiden Kinder auch. Er konnte nicht viel arbeiten auf Arbeitsstellen, aber er hat sich immer viel um die Kinder gekümmert und alles zuhause. Ich hatte viele Stellen zum Putzen und auch einmal in einer Fabrik. Es ging grad so alles, irgendwie, Herr Kommissar, wissen Sie. Aber später, als die Kinder älter waren, in der Realschule und dann im Gymnasium. Es wurde sehr knapp und ich fand auch nicht mehr immer Arbeit. Es war

sehr schwierig, sehr schlimm …" Sie stockte.
„Das war wirklich keine einfache Situation für Sie und Ihre Familie,"
ermunterte Hanneboes sie daraufhin, „aber Sie haben es dann
irgendwie geschafft, da wieder ein Stück herauszukommen, nicht wahr?"
Rugova nickte. „Ja,", sagte Sie, „wir waren dann ja auch im
workcenter und unser casemanager, der Herr Bloch, Thomas Bloch –
der hat sich wirklich viel Mühe gegeben, uns zu helfen, zu der Zeit …"

* * *

Casemanager Bloch dachte an den eben beendeten Termin mit Frau
Rugova zurück. Wieder einmal erfüllte ihn eine stille Wut auf mehr als
einen Umstand, der ihm hier allzu oft begegnete. Da dies der letzte
Termin vor der Mittagspausenzeit gewesen war, beschloss er nach
einigen weiteren Telefongesprächen, mal nebenan bei seinem
Vertretungskollegen Hattich vorbeizuschauen.
Tatsächlich hatte auch Hattich jetzt kein Beratungsgespräch mehr und
begrüßte ihn mit einem freundlichen: „Guten Tag, Herr Bloch - Du
nimmst aber heute auch irgendwie keine entspannte Grundhaltung
ein, wie mir scheint?"
Benno Hattich war ein „altes Schlachtross", ein Original und schon seit
Jahrzehnten im Dienst. Ihm konnte so leicht keiner mehr etwas vormachen.
„Hm, ja – nicht so ganz, das stimmt wohl. Ich hatte eben wieder einen
Termin mit der Frau Rugova, die mit dem Mann, der noch stärker als
sie kriegstraumatisiert ist, und den beiden Kindern, die auf höhere
Schulen gehen …"
„Ah, ja, die so viel putzt und ähnliches, obwohl sie ein Diplom hat,
wenn auch aus dem Ausland, richtig? Da sollte die doch wirklich mal
mehr daraus machen."
„Hm, nein – will sie ja nicht", erwiderte Bloch „Sie hat doch Angst,
dass sie vielleicht doch wieder ausgewiesen werden, alle, wenn sie
mal eine Zeit lang gar nichts mehr verdient, wegen der dann
notwendigen Anpassungs- und Qualifizierungskurse und so. Das ist
ihr einfach nicht auszureden."
„Ahjaja," meinte nun Hattich „stimmt, ich erinnere mich jetzt auch an
die anderen Probleme drumrum. Dumme Sache … - aber: Da gibt es
jetzt etwas Neues?".
Bloch holte Luft und presste erbittert die Lippen aufeinander.
„Ja,", sagte er dann, „sie hat nach der letzten Entlassung wegen
Arbeitsmangel recht schnell wieder etwas anderes gefunden.
Seltsame Abläufe allerdings, die sich da nun abspulen … Kann ich die
Geschichte kurz von Anfang an erzählen?"
Hattich rückte demonstrativ einige sorgsam in Plastik gehüllte Hefte
zur Seite und schaute aufmerksam. Er war Sammler historischer
Comic-Hefte und seltener alter Knöpfe, organisierte sogar
Ausstellungen zu diesen Themen zusammen mit seiner Schwester.
„Ja, natürlich - gern", meinte er ehrlich interessiert, „ich bin ganz
gespannter Gehörgang!"
Bloch angelte sich einen Stuhl und berichtete.
„Danke. Ja, also. Den vorigen Reinigungsjob hatte sie ja dann
verloren gehabt, kürzlich. Offiziell wegen Auftragsmangel. Stimmte
aber auch nicht wirklich so ganz. Ich habe das mitbekommen, ein
anderes Ehepaar war da auch betroffen, das bei mir ist. Die haben
auch beide in dem Amüsierbetrieb geputzt, recht großer Laden, waren
als Aufstocker bei mir. Jedenfalls ist der Arbeitgeber da auf den
Trichter verfallen, die komplette Putzmannschaft rauszuwerfen – und
den kräftigsten anzubieten, gleich weiter zu arbeiten. Als
Scheinselbstständige, zwei Drittel vom Gehalt, und Material selbst

mitbringen. Man könne sich ja dann an das hilfreiche workcenter
wenden, da gebe es Starthilfen für agile Neugründer und
Selbstständige …"
Hattich hob die Augenbrauen ein wenig an und murmelte etwas von
„Da müssten gewisse Leute doch wirklich endlich mal gewisse
Überlegungen anstellen", unterbrach aber die Erzählung nicht.
„Ja, jedenfalls – die, die sich drauf eingelassen haben, waren natürlich
nicht daran interessiert, dann selbst viele andere einzustellen - da
wäre ja noch einiges von ihrem schmalen Verdienst draufgegangen.
Die schufteten dann lieber selbst mehr. Und so hatte auch Frau
Rugova mal wieder nichts … Heute kam sie dann als Eiltermin bei mir
vorbei, wegen einer neuen Arbeitsstelle. So weit, so gut. Sie erzählte mir
dann, das sei vorerst eine Halbtagsstelle als Zimmermädchen.
Sechs- bis siebenhundert netto, im Business-Hotel Höhn. Das habe
sie in einer Kleinanzeige gelesen und sogar schon einen
Probearbeitstag gemacht, es sei aber ganz legal gewesen, habe man
ihr jedenfalls gesagt."
„Oho", ließ sich nun Benno Hattich vernehmen, „da wäre sie ja sogar
eine CBTG-Arbeitnehmerin, immerhin!"
Bloch grinste, das war mal wieder typisch, dass Benno das auswendig
wusste. „Stimmt, das hatte ich dann auch gleich gegoogelt, Höhn
gehört tatsächlich den Chemischen Betrieben Transnationale
Gewerbe, CBTG, der Firma, von der etliche sagen, dass unsere
schöne Stadt Rheinschanzhafen ein nicht völlig unwesentlicher
Bestandteil von ihr sei."
Nun grinsten beide etwas maliziös.
„Wie dem auch sei. Ich überlegte gerade, ob ich nicht zum x-ten Male
auf ihre doch eigentlich viel höhere Qualifikation zu sprechen
kommen sollte, da sagt die doch zu mir: Ja, Herr Bloch, und ich
bräuchte dann unbedingt noch einen so genannten Vermittlungsgutschein
von Ihnen. Ich weiß aber auch nicht, was das ist, hatte es mir extra
aufgeschrieben. Jedenfalls, wenn ich den nicht mitbringe, bekomme ich
die Arbeitsstelle nicht, wenn doch, dann aber jedenfalls, haben die
mir gesagt!"
Benno Hattich erhob sich, ging zwei Schritte zum Spiegel an der
Wand, wandte den Kopf etwas hin und her und inspizierte sein Abbild.
Während er sich wieder setzte, sprach er: „Herr Bloch, was muss ich
da hören, und meine Ohren scheinen in Ordnung zu sein … Bislang
war doch in der Geschichte weder von einem privaten
Arbeitsvermittler noch von einem Vermittlungsvertrag noch von
Ähnlichem die Rede? Stattdessen aber von Eigenbemühungen der
Kundin via Inseratstudium. Oder irre ich mich da?"
„Keineswegs", erwiderte Bloch sofort, „genauso war es."
„Ich habe sie dann jedenfalls mal gefragt, ob sie weiß, wie viel so ein
Schein überhaupt wert ist. Nämlich 2.000 Euro. Wusste sie natürlich
nicht, sie habe ja, wie gesagt, überhaupt keine Ahnung, was das
überhaupt sei. Ich frug dann nach dem privaten Arbeitsvermittler.
Darauf war sie vorbereitet. Man habe ihr gesagt, dass ich vielleicht
danach fragen würde. Und dann drückte sie mir diesen Notizzettel in
die Hand …"
Hattich schaute kurz auf den Namen. „Ahaaa. Die gute Frau Kregel
aus Lochwies. Den Namen haben wir doch schon immer mal wieder
irgendwie gehört."
„In der Tat. Und ich habe heute sogar höchstpersönlich mit ihr
telefoniert. Beziehungsweise sie mit mir. Aber der Reihe nach. Ich habe
der Kundin dann mal in aller Ruhe und ganz freundlich erklärt, dass ich
ihr einen Vermittlungsgutschein nicht verweigern werde - darf ich ja im

Endeffekt auch gar nicht. Dass ich aber zunächst zumindest einen
Vermittlungsvertrag bräuchte. Sie wurde dann trotzdem nervös und
hatte Angst, dass es dann alles nicht klappt. Ich konnte sie aber
beruhigen. Ich nehme an, sie wird nicht erst Montag hingehen,
sondern wird bereits jetzt überall bei denen anrufen. Ich denke, wir
wissen beide, was dann am Wochenende jetzt noch passieren wird."
Hattich grinste. „Klar … - die fahren zu ihr raus und halten ihr den
Vertrag zum Unterschreiben unter die Nase und geben ihr eine Kopie mit."
  „Denke ich auch. Aber es geht noch weiter. Ich wollte da dann doch
noch etwas aktiver mitspielen, bei der Geschichte … zunächst habe
ich mal etwas im Netz gesurft. Frau Kregel macht ihrem Namen da
alle Ehre. Etliche Angebote verschiedenster Art. Bloß eine
Telefonnummer – die fand ich nicht. Na gut. Ich beschloss dann, mal
bei dem erlauchten Hotel anzurufen. Da nahm natürlich sofort jemand
ab … verwies mich dann aber eiligst und mit spitzen Fingern an den
Subunternehmer, der sich um "Zimmermädchen, Reinigung und
solche Dinge" im Hotel kümmert. Auch dort versuchte ich mein Glück
– und bekam ebenfalls sogleich Auskunft …"
Bloch imitierte nun einen nasalen Tonfall. „Ach ja, wissen Sie – mit
dem Arbeitsamt und dem workcenter – da arbeiten wir schon lan - ge
nicht mehr direkt zusammen! Das passt ja doch nie, irgendwie. Wir
arbeiten aus – schließ – lich noch mit der Firma Kregel aus Lochwies,
in dieser Hinsicht!"
„Ich beschloss nun, mir erst einmal alles ein wenig durch den Kopf
gehen zu lassen und beendete das Gespräch.", fuhr Bloch fort. „Doch
war mein Erstaunen nicht gering, als nur circa zehn Minuten später
mein Telefon klingelte – und Frau Kregel persönlich am Apparat war!
Sie fände es ja soo schön, dass sie mich tatsächlich erreiche und
auch einmal persönlich mit mir sprechen könne, sie habe ja schon soo
viel Gutes über mich gehört, et cetera pp. Na ja. Jedenfalls tue ihr
das ja fuurchtbar leid mit dem fehlenden Vermittlungsvertrag und sie
werde das umgehend in Ordnung bringen. Das habe ausnahmsweise
mal nicht sie selbst gemacht, sondern eine Mitarbeiterin, die aber
sonst eigentlich auch immer seeehr zuverlässig sei und bla und bla
und bla …"
„Na, da sind wir dann mal gespannt auf Montag!", schloss Benno
Hattich das Thema erst einmal ab.

* * *

Kommissar Hanneboes fasste zusammen, was er bislang gehört
hatte. „Sie und ihr Mann, Frau Rugova, waren dann also eine ganze
Zeitlang im Leistungsbezug beim workcenter, einerseits dann, wenn
niemand von ihnen Arbeit hatte, zumeist aber auch zwischendurch
als Aufstocker, da ein halbes oder auch ganzes Gehalt im
Reinigungsbereich oder bei ähnlichen Jobs eigentlich nie ausreichte
für Ihre vierköpfige Familie. Betreut hat Sie währenddessen der
casemanager Thomas Bloch, mit dem Sie sehr zufrieden waren,
obwohl er oft Ihren Mann zu einer Behandlung und Sie selbst zu
Qualifikationskursen drängen wollte?"
„Ja, Herr Kommissar, bitte glauben Sie mir es. Wir haben nicht gern
HETZ V-Geld angenommen!", erwiderte Jozefina Rugova. „Ich hatte
doch immer Angst, dass wir der deutschen Regierung zu teuer sind,
wenn wir nicht fleißig sind und immer arbeiten etwas. Und ja, der Herr
Bloch, er war gut, weil er hat uns ernst genommen, er hat auch erst
die Atteste angeschaut und Unterlagen, aber er hat geglaubt! Mein
Mann hat sehr oft viel Angst, ist er ein großer Mann, ja und sieht stark
aus. Aber wenn er ist in einem Zimmer und mehr als ein, zwei Leute

dazu – er denkt an die Explosion in unserer Heimat, von der Granate,
weil wissen Sie … schwierig auszusagen … alle Menschen außer ihm
in dem Zimmer … sie – gingen kaputt, also ganz, … sie verstehen,
Herr Kommissar?"
Hanneboes nickte kurz und schnell ansatzweise einige Male, mit doch
sehr gequältem Lächeln. „Ja, Frau Rugova, ich denke schon, dass ich
Sie da verstehe! Doch weiter … Der Herr Bloch schlug mehrfach vor,
dass Ihr Mann Janez eine Psychotherapie machen sollte. Was aber unter
anderem an seinen mangelnden Sprachkenntnissen scheiterte. Einen
geeigneten Sprachkurs zu finden, war aber auch kaum möglich, da Ihr
Mann es ja in geschlossenen Räumen nicht lange aushalten kann."
„Ja," bestätigte sie, „er bekommt dann Panik und schwitzt und er zittert
und muss nur noch hinauslaufen. Aber er hat zu Hause gelernt, so gut
er konnte, und ich in richtigen Sprachkursen und habe geholfen. Die
Kinder haben auch sehr gut und viel besser und schneller gelernt. Sie
haben einen jungen Kopf und sind auch fleißig und überhaupt nicht
dumm. Das alles ging dann eine ganze Zeit alles so weiter."
„Und dann fanden Sie die Arbeit im Hotel Höhn und bekamen auch
den dafür nötigen Vermittlungsgutschein von Ihrem Casemanager,
dem Herrn Bloch. So habe ich Sie vorhin verstanden."
„Ja, es ist richtig so gesagt.", nickte die Rugova.

* * *

Es war Dienstag. Bloch hatte am Vortag nicht mehr mit dem Kollegen
Hattich sprechen können, doch heute fand sich endlich ein wenig Zeit.
„Kommen Sie herein, kommen Sie heran – hier werden Sie exakt
genauso bedient wie nebenan!!", begrüßte dieser ihn. Thomas Bloch
schmunzelte etwas, derartiges war er aber mehr oder weniger
gewöhnt von seinem Vertretungspartner. Zuweilen jedenfalls. „Es gab
Anlass zu Verärgerung?" vermutete er daher.
„Nun ja.", Hattich klappte einen Aktendeckel auf und wieder zu. „Wieder
einmal so ein paar sinnlose Rollenspiele nach Art des Hauses. Stichwort
`Maßnahmenzuweisungen" koste es, was es wolle. Am besten bis
vorgestern. Spätestens." Er hob indigniert die Augenbrauen. „Na
immerhin wissen die meisten meiner Kunden, dass ich hier ja nur der
nette Casemanager von nebenan bin. Und dass das Leben ein Geben
und Nehmen ist. Und da ist dann ja der eine oder andere durchaus
mal so nett, eine dieser Maßnahmen abzusitzen, egal wie
hochgradig sinnvoll und passend sie vom Inhalt oder der Dauer her
erscheint oder aber eben auch nicht …"
Er blickte seinen Kollegen einen Moment lang ungewohnt ernst an.
„Aber eins sage ich Dir, Herr Bloch – das ist doch nun wirklich nichts
und gar nichts Individuelles mehr in dem Laden hier. Von wegen
passgenaue und individuelle Hilfen und so weiter!" Er fing sich nun
etwas und verfiel wieder in einen eher ironischen Tonfall.
„Und daher, daher sage ich ja: Nur hereinspaziert. Hier bekommt jeder
etwas und zwar sofort und augenblicklich! Jeder erhält umgehend
einen großen, schlabbrigen DIN-genormten Hamburger mit
Verzehrzwang. Egal ob er den nun bestellt hat oder auch nicht. Oder
ob er etwas ganz anderes bestellt hat. Oder gar nichts. Oder ob er
erst mal über die Bestellung reden wollte! Ganz egal – hier wird jeder
gleich rasiert. Zack, zack und fertig."
Benno Hattich hatte sich nun aber endgültig gefangen und blickte
einen kurzen Moment konzentriert geradeaus. „Gab es gestern denn nun
Neues bei Dir wegen der Frau Rubikon, Herr Bloch?" fragte er dann.
„Ja, durchaus, sie hat gestern meine Türschwelle wieder überschritten."

grinste Thomas Bloch und korrigierte dann unauffällig:
„Also die Frau Rugova."
„Und in der Tat habe ich nun die Kopie eines Vermittlungsvertrages
zwischen der Frau Jozefina Rugova und der privaten Arbeitsvermittlungs-
firma Kregel aus Lochwies bei meinen Akten," fuhr er fort.
„Bemerkenswert sind dabei aber zwei ärgerliche Dinge …"
Da Benno Hattich weiterhin konzentriert zuhörte, setzte er seinen
Bericht fort.
„Zum einen sind die Herrschaften mitnichten bei der Familie Rugova
vorbeigefahren – sondern haben sie einbestellt. Bei strömendem
Regen ohne Auto kein reines Vergnügen, wie die Kundin sagt. Ach ja,
und Unterzeichnungsort war: Heideltal!"
Hattich neigte seinen Kopf seitlich leicht nach rechts und wackelte an
seinem Ohr, als müsste dort etwas hinausfallen.
„Im schönen Heideltal am Schleckar?", frug er dann. „Na, so etwas.
Errichtete die kregle Frau Kregel denn dort eine neue Filiale ihrer
kleinen, aber agilen Firma?"
„Keineswegs!" entgegnete Bloch und erhob den Zeigefinger in die
Luft, „Aber … ein gewisser Subunternehmer. Der unter anderem in
einem bestimmten Business-Hotel tätig ist. DER ist dort ansässig …"
„Hm, hm." machte Hattich daraufhin, „Da ist mir dann ja doch fast so,
als hörte ich die Schrittgeräusche einer Nachtigall. Und das recht
deutlich."
„Ja, die höre ich auch trapsen, ganz klar!", erwiderte Bloch. „Nur
nachweisen … - nachweisen wird man da wie immer nichts können.",
fügte er hinzu.
„Mitnahme-Effekte – glasklar."
„Ja, die ganze unbeweisbare Geschichte stellt sich natürlich so dar:
Der Subunternehmer gibt ein paar kostenlose oder kostengünstige
Kleinanzeigen auf. Kundinnen, die sich melden, werden eingeladen
zum Probearbeitstag. Ungeeignete dürfen wieder gehen, alle anderen
werden genommen. Zwischendurch lässt man dann – normalerweise
– nebenher einen Vermittlungsvertrag mit unterschreiben und schickt
die Kandidatinnen dann auch noch mal schnell im workcenter vorbei,
den Vermittlungsgutschein abzuholen. Viele aus unserer werten
Kollegenschaft erledigen das ja auch sehr zügig, lassen die Kundin
gar auf dem Flur warten, während sie den Schein geschwind
ausdrucken. Was ja aus verschiedenen Gründen bei den hiesigen
Verhältnissen sogar nachvollziehbar ist … Das `Hobby` eines echten
Fallmanagements getrauen sich ja nur noch wenige auszuüben …
Nun ja. `Wackelkandidatinnen` werden dann jedenfalls nach sechs
Wochen ohne Angabe von Gründen nach Hause respektive zurück
zum workcenter geschickt. Das sichert dann immerhin die erste
Prämie. Gute Leute hält man für sechs Monate und schickt sie dann
weg. Ebenfalls ohne Begründung – oder mit einer harmlosen, damit es
keinen Aufruhr gibt, bei uns, hinsichtlich Sanktionen etc. Das sichert
den Rest der Prämie. Und danach - geht das ganze Spiel von Neuem
los, mit neuen Kandidatinnen."
„Allerdings macht das Ganze natürlich so überhaupt keinen Sinn … es
sei denn-".
„Genau, es sei denn, Subunternehmer und Private Arbeitsvermittlung
teilen sich unsere Prämien. Was natürlich nicht so vorgesehen ist,
nicht erlaubt und streng verboten ist, und überhaupt."
Hattich grinste zynisch und warf in den Raum: „Herr Bloch, hast Du
schon mal drüber nachgedacht, mit den Stunden auf halbtags runter

zu gehen? Und dann melden wir nebenberuflich einfach mal eine kleine private Arbeitsvermittlung an? Ich meine: Wenig Arbeit – viel Verdienst. Wär doch mal was anderes!"
Bloch winkte resigniert ab. Dazu waren sie beide nicht skrupellos genug und das wussten sie auch.

Norbert Marcel Henneboes, seines Zeichens Ermittlungsperson der Staatsanwaltschaft für den Bereich Tötungsdelikte, vulgo Kriminalkommissar, setzte sich wieder.
„Frau Rugova. Könnten Sie mir nun etwas über den Ablauf erzählen? Was genau geschah denn nun, als Sie dann im Hotel Höhn ankamen?"
Jozefina Rugova senkte etwas den Blick und begann, anfangs noch stockend, ihren Bericht.

Das Business-Hotel Höhn lag nicht allzu weit vom zentralen Stadtteil Rheinschanzhafen-Orkheim entfernt, in dem auch der ehemalige Bundespräsident Hartmut Hohl sein großzügiges Einfamilienhaus bewohnt hatte. So war eine gute ÖPNV-Anbindung in viele Richtungen durchaus gegeben. Jozefina stand auf von der Bank, auf der sie verzweifelt und weinend gesessen hatte. Der Arzt konnte ihr viel erzählen – sie würde NATÜRLICH ins Krankenhaus fahren, um in der Nähe ihrer Kinder zu sein und wenn sie sie zehnmal nicht sehen durfte! Sie musste doch in der Nähe sein, für … für alle Fälle. Sie schluchzte unwillkürlich wieder laut auf und einige verlegen-besorgte Blicke anderer Passanten trafen sie.
Angestrengt versuchte sie sich wieder unter Kontrolle zu bringen. Arbeiten? Arbeiten konnte sie jetzt zwar beim besten Willen nicht - aber ihr Pflichtbewusstsein sagte ihr, dass es wichtig sei, nicht einfach die Leute im Höhn-Hotel anzurufen, sondern lieber persönlich Bescheid zu sagen. Das würde einen weniger schlechten Eindruck machen und so konnte sie auch alles besser erklären, hoffte sie. Ein wirklich großer Umweg auf dem Weg ins Krankenhaus war das auch nicht. Schnell eilte sie nun weiter und erreichte nur wenige Minuten nach dem regulären Arbeitsbeginn den Dienstboteneingang und dann ihren Einsatzort.
Sie eilte schnell an den Zimmern vorbei und suchte nach Frau Manuela Enthess, der „Chefin ihrer Chefin", der Bereichsleiterin, die direkt bei der CBTG angestellt war und zu Beginn jeden Tages eine Kontrollrunde machte. Und dabei wahrhaftig regelmäßig alle Trinkgelder einsammelte, die abreisende Gäste hinterlassen hatten. Um den fleißigen Zimmermädchen die Mühe zu ersparen, das immer extra dem workcenter melden zu müssen, wie sie einmal lachend erklärt hatte. Doch daran dachte Jozefina jetzt nicht.
In einem der letzten Zimmer fand sie sie schließlich.
„Ah, Frau … Ruzkoffer, nicht wahr? Ich habe sie schon vermisst. Und sie tragen noch nicht einmal ihre Arbeitskleidung, ts! Was ist da los?", schnappe die Enthess zur Begrüßung.
„Rugova. Rugova, Frau Enthess … Es ist etwas geschehen …", brachte Jozefina hervor. In kurzen Worten erklärte sie, was vorgefallen war.
Manuela Enthess überlegte einen kurzen Augenblick.
Ruckartig streckte sie dann ihren Unterarm aus und drückte Jozefina Rugova die Hand.
„Meine Anteilnahme! Tut mir sehr leid, das mit dem Unfall Ihrer Kinder.", sagte sie kühl und schwieg noch fast eine Sekunde.

Doch dann lächelte sie wieder ihr berüchtigtes Lächeln. „Aber wissen
Sie, Frau Rukoffer – wir haben da leider ein Problem. Kann man
nichts machen. Eine von Ihren Kolleginnen hat regulär frei, eine
andere hat sich eben vorhin überraschend krank gemeldet. Sie
müssen also da bleiben, für diese Schicht. Das Stockwerk muss
pünktlich fertig sein – dafür werden Sie ja dann sicher mit Sorge
tragen. Ok?!" Und wieder dieses eiskalte Lächeln.
„Nein, … ich fürchte. Ich kann doch nicht …", stammelte Jozefina.
Nun runzelte die Enthess ihre Stirn und ließ mit kristallklarer Stimme
so einiges hören.
„Frau Ruzgoffa! Sie können ja doch nicht zu ihren Töchtern. Oder
waren es Söhne – hat Ihnen der Arzt doch jedenfalls ohnehin gesagt.
Sie wissen, hier hat sich einiges geändert, seit ich die Aufsicht selbst
übernommen habe. Insbesondere beim Controlling! Jetzt halten Sie
mich mal nicht länger unnötig auf. Ich erinnere mich schon an Sie. Sie
sind doch jetzt etwas länger als sechs Wochen hier … Wissen Sie
was. Machen wir`s kurz. Entweder Sie nehmen jetzt Ihre Arbeit endlich auf-
oder Sie gehen. Ihre Papiere können Sie sich dann aber morgen auch
abholen. Und Ihrem workcenter müssen wir dann natürlich auch Bescheid
 geben, wegen der Arbeitsverweigerung. Klar soweit? Also bitte!"
Sie wandte sich ab, in Richtung des Badezimmers, in der sicheren
Gewissheit, sich auch hier wieder einmal durchgesetzt zu haben.
Jozefina war zwei oder drei Sekunden wie erstarrt. Ihr kranker Mann,
die Kinder, der Arbeitsplatz, das workcenter. Die Arbeit verlieren, vom
workcenter eine Sanktion, während die Kinder vielleicht starben …
Das war zu viel. ALLES war zu viel, VIEL zu viel! Es brach aus ihr heraus.

* * *

„Du, Herr Bloch?"
„Ja?"
„Ich habe da noch einmal gewisse Überlegungen angestellt. Man hat
da ja auch so seine `Agenten`. Und ich habe auch noch mal in einigen
älteren Akten von Kundinnen geblättert."
„Und da gab es interessante Erkenntnisse, nehme ich an."
„Fürwahr. Also ich schaute da mal nach, wer, wie lange und mit
welchem tatsächlichen Lohn bei Höhn schon gearbeitet hat. Präziser
gesagt, bei dem Sub, der das dort regelt, „HölscherClean". Und da
sah ich doch Schwarz auf Weiß, dass von sechs- bis siebenhundert
Netto nicht wirklich die Rede sein kann. Vierhundertvierzig bis
vierhundertsechzig im Schnitt – das kommt schon eher hin.
Darüber hinaus gab mehrfach Klagen, auch das mit dem „halbtags"
stimme so nicht. Zwar würde die tatsächliche Arbeit wirklich nicht
länger dauern - aber verspätete Gäste dürften KEINESFALLS gestört
werden - da müsse man dann halt warten. Irgendwie und irgendwo.
Aber natürlich möglichst unsichtbar. Unter sechs Stunden gehe da
niemand nach Hause, denn Bummelanten gebe es IMMER."
„Na, toll. … Hm. … Anderthalb mal vierhundertsechzig. Macht so circa
sechshundertneunzig – wenn ich mich nicht irre."
„Du irrst nicht, Herr Kollege Bloch. Das heißt demnach: wer nach sechs
Wochen geschasst wird: ist als Präsent des freundlichen workcenters
von nebenan zu werten. Denn die erste Prämie beträgt ja immerhin
auch eintausend Euro. Und für zwei Flaschen Sekt reicht der Rest
auch noch knapp. Selbst im Höhn."
„Na wunderbar. Es lebe die Förderung! Ich frage mich nur, was die
Rugova macht, wenn sie die ersten Lohnzettel sieht. Die bekommt
dann doch sicher wieder Paranoia, dass man sie und die Kinder
ausweist, wenn sie dem deutschen Staat finanziell zu sehr auf der

Tasche liegt."
„Vielleicht sucht sie sich noch einen zweiten Job, für vierhundert Euro
oder so. Das hat sie tatsächlich schon einmal so gemacht und sogar
auch recht lange hinbekommen."
„Unglaublich. Hm. Am besten dann noch einen Zweitjob über einen
anderen `Sub`, und dann aber direkt auf CBTG-Gelände, oder?"
Bloch grinste wider Willen.
„Zuzutrauen wäre es ihr. Aber so was schreibt man lieber in keinem
Roman - zu unglaubwürdig!"
„Stimmt - da hast Du recht, Herr Bloch.", stimmte Benno Hattich zu.
„Aber eines geht mir bei der ganzen Chose wirklich auf den Senkel,
mit Verlaub! Jedenfalls was die Firmen, Subs und Privat-AV angeht.
Diese ungebremste, besinnungslose Mitnahmementalität!"

* * *

„Ich verstehe Sie, Frau Rugova," sagte Hanneboes, „da sind Sie dann
einfach durchgedreht. Das wäre sicher vielen auf die eine oder andere
Art so gegangen. Aber was genau sagten und taten Sie dann? Können
Sie mir dazu noch etwas mehr berichten?"
Es war dunkel geworden mittlerweile. Der Kommissar knipste die
Schreibtischlampe an, drehte aber den Lampenkopf etwas zur Seite.
Niemand wurde geblendet, der Schreibtisch bildete nun aber eine Art
Insel des Lichts in einer seltsamen und düsteren Welt.
Jozefina saß verkrampft da, erschüttert, ihre Stimme stockte und
brach und sie schwieg eine Zeit lang. „Ich weiß nicht, Herr Hanneboes,
Verzeihung, Herr Kommissar, meine ich – ich weiß nicht, ob Sie es mir
glauben könnten. Aber. Ich weiß nur noch … Fetzen, sagt man,
glaube ich. Einzelteile."
Er nickte ihr verstehend zu.
„Also … ich habe geschrien. Sehr viel und laut, also … Sie müssten
wissen: Ich schreie nicht, sonst. Seit dem Krieg habe ich nicht geschrien,
ich finde es ist - ungehörig. Es ist kein gutes Benehmen, nicht wahr,
sehen Sie!"
Sie versuchte sich mit Macht zu konzentrieren, ihre Stirn legte sich in
Falten und sie schlug sich mehrfach leicht mit der Faust gegen die Schläfe.
„Ich konnte aber nicht mehr anders, obwohl ich wollte. Ich habe
geschrien alles was ich jemals gehört habe an bösen Dingen über
sie, die Frau Enthess, glaube ich. Die anderen Frauen, sie tratschten
viel und haben viele Lästerungen gemacht in der Pause, Herr
Kommissar, aber ich habe meistens nur zugehört, aber das meiste
verstanden. Ich bin auf sie zu, ich habe aufgestampft mit dem Fuß,
zweimal, glaube ich. Und ich habe geschrien `eiskalte Schlange` und
`Scientology-Schlampe` und `Klaubock` wegen dem Trinkgeld
wegnehmen, und `grinsende Hexe`, `karrieregeile Intrigantin` und
andere, so schlimme Worte. Und natürlich, dass ich doch weg muss,
zu meinen Kindern und dass ich da doch nichts dafür kann und das!
Und mehr … mehr weiß ich nicht, wirklich. Entschuldigung, aber es war
so schlimm. Es war dann Blut da. Und erst ein widerliches Geräusch,
ich kannte es. Ich bin gerannt. Es war Krieg, ich wollte nur weg. Ich
… ich war dann wohl … in der Eingangshalle vom Höhn-Hotel, danach."
„Ja," nickte Hanneboes, „dort stürmten Sie wohl völlig aufgelöst hinein,
man bat Sie in ein Hinterzimmer, wo man Ihnen ein Glas Wasser gab
und Sie etwas zu beruhigen versuchte. Kurz danach benachrichtigte

man uns, weil man da dann schon anhand Ihrer Hinweise nach Frau
Enthess geschaut hatte …"
Der Kommissar überlegte. Der nächste logische Schritt war nun
eigentlich für ihn, die Rugova noch etwas mehr unter Druck zu setzen,
exakt zu fragen, ob sie die ehrenwerte Frau Enthess denn nun am
Kragen gepackt und mit dem Kopf mal ordentlich vor die Wand
geschlagen hatte, et cetera. Danach hatte es nämlich am Tatort
ausgesehen, und diese Details auch mündlich berichtet zu bekommen,
war daher eminent wichtig.
Aber er hatte kein gutes Gefühl dabei.
„Frau Rugova,", sagte er also stattdessen, „lassen Sie uns einen
Moment lang eine kurze Pause machen. Vielleicht möchten Sie einen
Tee oder Kaffee in der Zeit? Ich werde so lange in unserer Sache
einen Kollegen von mir anrufen."
Jozefina nickte und nahm das Angebot gern an.

„Guten Tag, Herr Kommissar. Burkhart Kallwazz am Apparat. Sie
wünschen etwas von uns, zu reichlich später Stunde?"
Hanneboes grinste. „Na komm schon, Burk," sprach er ins Telefon,
„nun gib mal nicht gleich wieder den kritischen Kommilitonen hier. So
spät ist es ja nun auch wieder noch nicht. Ist Sander da?"
Siegfried Anderstutt, von allen nur „Sander" genannt, war Leiter der
Tatortinspektion, ein Tüftler vor dem Herrn, sowie ein großer Finnland-Fan.
„Mhm, ja, Sander - ja, Moment, - ist da …"
Schon hörte man Geräusche im Hintergrund und etwas, das sich in
etwa so anhörte wie „ … welcher Troglodyt stört diesmal …?".
Und kurz darauf lauter: „Ah - der Kommissar geht um. Zumindest
fernmeldetechnisch. Guten Abend."
Hanneboes musste schon wieder grinsen. Sander war wirklich ein
Unikat, ein Meister seines Faches, zu gegebenen Anlässen durchaus
grob wirkend, dies aber mit dem Herzen auf dem rechten Fleck.
„Ebenfalls einen guten Abend, oder auch: hyvää iltaa, wie es ja
manche nennen." Norbert Marcel verbeugte sich andeutungsweise in
Richtung des Telefons.
„Uiuiui.", ließ sich daraufhin Anderstutt vernehmen, „Da will einer was von
mir. Anders ließe es sich kaum erklären, dass mir in einer wenigstens
halbwegs komplexen und ausdifferenzierten Sprache ein Gruß entboten
wird! Na, gut. Ich nehme an, es geht um den Fall im Hotel Höhn?"
„Genau, Sander - habt ihr da schon was Interessantes für mich? Wie
ich Dich kenne, bestimmt, oder?", schmeichelte Hanneboes ihm ein wenig.
„Ja, ja, ja - sicherlich, das schon. Ganz fertig sind wir aber noch nicht -
und Du weißt selbst, dass nur das formal verwendbar ist, was später
auch im offiziellen Bericht steht. Herr Kommissar."
„Jaa - natürlich!", machte Hanneboes beschwichtigend. „Aber schon
mal ein paar interessante Infos, informell, vorab. Ich hoffe, Du bist so
freundlich …"
Es waren nun ein paar undefinierbare und knurrlautähnliche
Geräusche zu hören, die aber nicht unfreundlich klangen.
„Klar, können wir machen. Also … zu Beginn unserer Untersuchungen
hatten wir neben der etwas despektierlichen Lage der Leiche auch
noch diverse andere, zumindest theoretisch erschwerende Faktoren
zu berücksichtigen, was uns aber in den meisten Fällen gelang, und
zwar durch folgende Maßnahmen …"
Hanneboes schaute ein wenig unglücklich und verzweifelt strikt
geradeaus. Sander war ein Ass! Vergaß aber leider gelegentlich, dass

dies nicht immer und nicht auf ALLE seiner Zuhörer ebenfalls zutraf -
die dann dementsprechend auch recht schnell nicht mehr wirklich
sämtlichen Details folgen konnten.
Nach einigen Minuten wagte er eine vorsichtige Intervention.
„Hm, das ist wirklich faszinierend, Sander - und ich bin froh, dass Du
die Probleme damit dann auf diese Art doch noch überwinden konntest!
Aber … könnte man es eventuell irgendwie … zusammenfassen?"
Siegfried Anderstutt überlegte anscheinend einen Moment.
„Hm, ja doch, das müsste eigentlich gehen … Gut. Also. Unfall!"
„Hm?! Wie meinst Du das denn jetzt?"
„So wie ich es sage, werter Norbert. Meine Kollegen Binwiers,
Kallwazz und eben meine Wenigkeit sehen es so, dass alles genau
darauf hinweist. Weder an der Kleidung noch am Körper der Toten
fanden wir Kampfspuren, auch sonst deutet nichts wirklich auf eine
körperliche Auseinandersetzung hin. Dafür aber fanden wir etwas
anderes …"
Er machte es spannend und schwieg einen Moment.
„Oho!", machte Hanneboes daraufhin pflichtschuldig.
„Ja!", fuhr Sander daraufhin fort, „Wie Dir wahrscheinlich aufgefallen
ist, hat ja der Hinterkopf des Opfers äußerst unsanft mit den
Wandfliesen des Badezimmers Kontakt aufgenommen. Dieser
Aufschlag hat dann aber keineswegs mehr das Denkvermögen erhöht
 -sondern war höchst mutmaßlich die Todesursache. Bestätigen
müssen Dir das aber noch die Kolleginnen von der Gerichtsmedizin,
ganz klar."
Der Kommissar schüttelte leicht den Kopf. Er war schon ein rechter
Sarkast, der Siegfried, so ab und an.
Dieser fuhr nun fort. „Das ist ja nun alles nichts zwingend Besonderes,
das weiß ich selbst. Aber: die Höhe des Aufschlagpunktes - die war
ungewöhnlich niedrig, fiel uns relativ schnell auf. Das lässt dann mal
die Variante sehr unwahrscheinlich aussehen, jemand habe sich bei
der guten Frau ans Revers geklammert und dann mal tüchtig deren
Kopf gegen die Wand geschleudert. … Natürlich könnte sie aber aus
etwas größerer Entfernung heftig nach hinten umgestoßen worden
sein. Völlig ausschließen kann ich das auch bis jetzt noch nicht. Wir
fanden aber weder im Brustbereich noch drumherum irgendwelche
offensichtlichen Druck- oder Schlagspuren, die das belegen. An dieser
Stelle aber," ein wenig Stolz schlich sich in Sanders Stimme, „hatte ich
dann einen nicht wirklich allzu dummen Gedanken …!"
„Ah, … - ja."
„Ja, genau! Wir schauten uns aufgrund dessen nämlich den Fußboden
und auch die Schuhsohlen des Opfers noch einmal etwas genauer an.
Und fanden auch tatsächlich an einem der Schuhe und auf einem
recht kleinen Teil des Bodens eine schmierige Flüssigkeit. Mutmaßlich
dieselbe, und was es genau ist, wird uns die entsprechenden Abteilung
demnächst mitteilen, die Proben davon sind jedenfalls raus. Es gibt
natürlich zwei, drei wahrscheinliche Varianten, davon freilich nicht alle
überdurchschnittlich appetitlich. Ich werde sie Dir einmal im Einzelnen
näher erläutern -".
„Nein, nein. Lass nur!", fiel ihm Hanneboes ins Wort, „Es reicht mir
völlig, wenn wir das dann später im Bericht präzise drin haben!". Er
räusperte sich, „Ok, … wenn ich das recht verstehe, ist die Frau
Enthess demnach rückwärts ausgerutscht und dann sehr unglücklich
an die Wand geschlagen, selbiges mit Todesfolge."
„Grob gesagt, ja. Natürlich ist sie möglicherweise hektisch zurück-
gewichen, weil sie sich erschrak, oder sie hat doch einen leichteren

Stupser bekommen … - das ist ja dann mehr Dein Job, das genauer
herauszufinden. Auf jeden Fall ist das dann insgesamt ganz dumm
gelaufen. Schnelles Zurückweichen, das Ausrutschen ausgerechnet
auf der schmalen Schleimspur, oder was das auch immer war …
Und, ach ja- Du hast es ja auch gesehen: da lagen ja etliche `Silberlinge`
drumherum, also Ein- und Zwei-Eurostücke. Die sind ihr wohl runter-
gefallen, während oder kurz vor dem Sturz. Einen kleineren Teil davon
hatte sie anfangs in einer Hand gehabt, den Rest in einer
Außentasche an der Kleidung. Eventuell sorgte das für zusätzliche
Ablenkung … Die endgültige, bekanntermaßen pietätlose
Leichenpositionierung hatte dagegen wohl keine besondere Ursache,
oder so was. Das war einfach ein unfeiner Zufall. Also, dass eine
Hand und der entsprechende Unterarm mehr oder weniger ins WC
gerutscht sind, quasi."
Marcel Hanneboes konnte sich lebhaft vorstellen, dass Sander nun
wohl sicherlich einige Mühe hatte, einen „Scherz" über das Thema
„Griff ins Klo" zu unterdrücken – und so beendete er das Gespräch
lieber mit einigen mehrfach wiederholten Dankesworten.

Er wandte sich zum Fenster und starrte in die herabgefallene
Dunkelheit. In der Ferne ratterte schon jetzt die letzte Straßenbahn
über die hässliche Hochstraße in Richtung Nachbarstadt, zu einem
anderen Ort, zu einer neuen Station. Es lief so vieles falsch. Man
konnte so wenig tun. Aber war man denn wirklich völlig machtlos?
Nein.

Kommissar Norbert Marcel Hanneboes setzte sich wieder an den
Schreibtisch zu Jozefina Rugova und teilte dieser nun sinngemäß mit,
was er soeben telefonisch erfahren hatte. Es fiel ihr
verständlicherweise schwer, dies alles auf Anhieb zu begreifen und zu
verarbeiten, aber sie versuchte andererseits sogleich, sich
schnellstmöglich wieder in den Griff zu bekommen. Dann drängte es
sie natürlich, sofort ins Krankenhaus zu fahren. Doch Hanneboes hielt
sie noch einen Moment zurück.
„Frau Rugova - ich habe eben noch ein zweites, kurzes Gespräch
geführt. Ihre Kinder - es geht ihnen natürlich nicht gut … - aber doch
schon ein wenig besser, als noch vor einigen Stunden! Das ist wirklich
erfreulich, denke ich. Und: Ich soll Sie von Ihrem Mann grüßen. Er ist
im Krankenhaus und wartet dort. Seit einigen Stunden schon,
übrigens … Er hat offensichtlich seine verschiedenen Ängste ein
Stück weit zur Seite drängen können bei diesem Notfall."
Hanneboes lächelte. Und das tat auch Jozefina Rugova. Als sie nun
aufstehen wollte, berührte der Kommissar kurz ihren Unterarm. „Einen
kurzen Moment noch, bitte, Frau Rugova - zwei kleine Sachen hätte
ich da noch schnell! Einmal ist es so, dass ich Sie auffordern muss,
die Stadt bis zum offiziellen Abschluss der Ermittlungen nicht zu
verlassen, Sie müssten da so lange täglich für uns erreichbar bleiben …
- Ich weiß, das ist eine gewisse Einschränkung für Sie …"
Nun lachte Jozefina Rugova sogar kurz auf. „Herr Kommissar! Wo
denken Sie hin! Nein - keine zusätzliche Einschränkung ist das für
uns. Es gilt schon immer und für unsere ganze Familie - Sie haben
vielleicht vergessen, dass wir leider einen Teil HETZ V-Geld
beziehen müssen … Da haben wir viele Pflichten und dürfen nichts
falsch machen. Und da dürfen wir auch sowieso nur mit Anmeldung
und Genehmigung weiter weg fahren, auch als `Aufgestockte` ist es
damit nicht wirklich anders."

Hanneboes runzelte die Stirn. So rigide hatte er sich diese Dinge
eigentlich nicht vorgestell ... Sein unbewusstes und nur halb
überhaupt eingestandenes Vorurteil von den eher faulen und
drückebergerischen HETZ V-Empfängern - das war heute ja
ohnehin schon sehr deutlich erschüttert worden.
„Ah, ja. ... Gut ... und dann ist da noch schnell etwas." Er wirkte etwas
nervös, bemühte sich aber gerade deshalb nun um einen besonders
neutralen und sachlichen Tonfall.
„Ich wollte Ihnen da nur einen hilfreichen Service anbieten, zur
Vereinfachung. Sie haben ja nun im Moment wirklich mehr als genug
zu tun. Denke ich mir mal."
Die Rugova schaute ihn einigermaßen verständnislos an.
„Ja, also. Was ich sagen will. Ich hatte da ja vorhin in der Schilderung
schon angedeutet, dass da auch allerlei Silbermünzen auf dem Boden
herumlagen. Ich gehe davon aus und stelle fest, dass die wohl aus
Ihrer Geldbörse gefallen sind, in der Aufregung. Die Münzen kommen
in unsere Asservatenkammer und könnten erst später und
umständlich wieder zurück beantragt werden. Kurzum: es waren wohl
etwa 50 Euro. Die habe ich hier - und gebe Sie Ihnen sogleich. Sie
brauchen die ja. Gerade jetzt. Ich kümmere mich dann später um die
Rückerstattung und so weiter. Ich bin ja ohnehin hier in der Nähe,
quasi. Sie verstehen." Er schob den zusammengefalteten Schein über
den Schreibtisch auf Jozefina zu und schaute sie fast flehentlich an.
Sie überlegte recht lange und auch Hanneboes schwieg.
„Wir ... haben immer versucht, zu arbeiten für unser Geld," antwortete
sie dann zögernd. „Wir wollten eigentlich nie etwas so wie ein
Almosen ..."
Der Kommissar stand auf, wandte sich halb zur Seite und strich sich
mehrfach nervös durchs Haar.
„Hören Sie. Frau Rugova!", redete er dann lebhaft auf sie ein. „Sie
sollen das ja jetzt nicht nehmen für einen Einkauf bei Schreilando
oder für Kosmetik von PROREAL oder so etwas. Denken Sie an Ihre
Kinder im Krankenhaus, Ihren Mann, Ihre Familie. Das ist nur ein kleiner
Effekt - ich würde mich freuen, wenn Sie es mitnehmen. Wirklich!"
Jozefina zögerte noch, nahm dann aber den Schein stumm an sich.
Hanneboes begleitete sie noch zum Ausgang und bevor sie dann in
der nur durch einzelne, trübe Lichter erhellten Dunkelheit verschwand,
wandte sie sich noch einmal um. „Sie sind anders. Sie sind ein guter
Mann, wissen Sie! Wir werden es vergelten. Irgendwie. Irgendwann!"

* * *

Einige Monate später fuhr casemanager Thomas Bloch seinen PC
herunter. Eigentlich war noch etwas Zeit bis zum Feierabend. Aber er
brauchte jetzt dringend diesen symbolischen Akt, nachdem er die
letzte, hochoffizielle Verlautbarung der BAZ (Bundes-Arbeits-
Zentrale) als newsletter gelesen hatte. Angeblich direkt vom aller-
obersten Chef, Herrn Jungtumb persönlich verfasst, zumindest aber
von ihm unterschrieben.
Er dachte an die vergangenen Wochen zurück.
Eine aufregende Geschichte war das gewesen mit der Familie Rugova,
aber fast alles war mittlerweile und glücklicherweise wieder in guten
Bahnen, auch wenn der Sohn wohl eine Gehbehinderung zurückbehalten würde und beide Kinder durch die Geschehnisse auch
seelisch noch reichlich mitgenommen waren.
Er würde da dranbleiben und zu beraten versuchen, auch wenn ihm
die groteske EDV und die dauerhaft lächerlich überhöhten Fallzahlen

eigentlich gar keine Zeit für so etwas ließen. „Aber dafür habe ich
damals schließlich überhaupt nur zugestimmt, zum Fallmanagement
zu wechseln, verdammt noch mal!," dachte er bei sich. „Sinnvolle
Beratung und Hilfestellung bei besonders schwierigen
Lebensverhältnissen – mit dem Ziel eines Nutzens für ALLE
beteiligten Parteien!"
Manchmal gab es Erfolge in dieser oder jener Hinsicht. Aber viel, allzu
viel lief hier schief, in diesem Laden.
Er blickte versonnen auf das Wildblumen-Bild an der Wand und
lächelte.
Vor Kurzem hatte es ein eigentlich unwahrscheinlicher Zufall möglich
gemacht, dem Landesfernsehsender STV (Süd TeleVision) glaubhaft
Informationen zuzuspielen über die Praktiken hinsichtlich der
Vermittlungsgutscheine. Es wurden dann sogar tatsächlich zwei
Interviews dazu ausgestrahlt, eins davon gar mit einem Landtags-
abgeordneten. Wieder sowas, das man als zu unglaubhaft für einen
Roman verwerfen würde, grinste er kurz in sich hinein. Aber so war es
halt gewesen, die Gelegenheit war genutzt worden.
Ob das etwas mit der newsletter - Verlautbarung des obersten
Jungtumb aus Norimberg zu tun hatte? Bloch wusste es nicht. Der
Gedanke war schmeichelhaft, sicherlich. Aber letztlich war es auch
nicht wichtig. Wichtig wäre, das sich etwas änderte. Nein, nicht etwas:
Vieles!
Im newsletter hatte gestanden: „Wie so oft bedanken wir uns bei allen
unseren Mitarbeiterinnen und Mitarbeitern in der BAZ und in den
workcentern! Auch im Bereich der Ausgabe und Umsetzung der
Vermittlungsgutscheine wurden in den vergangenen zwölf Monaten
wieder einmal erfreuliche Steigerungen erzielt, die uns hoffen lassen,
die passiven Leistungen auch in Zukunft weiterhin absenken zu
können. Dies ist nur durch unser aller gemeinsame Anstrengung
möglich und nur so werden wir auch im nächsten Jahr wieder gute
Zahlen und im positiven Sinne beeindruckende Statistiken vorlegen
können."
Komisch - kommen irgendwie gar keine Menschen drin vor in dem
Schrieb …, so war es Bloch spontan durch den Kopf gegangen.
Das „Beste" kam aber dann noch.
„Uns ist durchaus bekannt, dass es auch vereinzelt Kritik an diesem
Werkzeug gibt. Genaue Prüfungen und Untersuchungen haben aber
erwiesen, dass sich das Instrument `Vermittlungsgutschein` in der
Arbeitsvermittlung grundsätzlich absolut bewährt hat. Ein seltener
Missbrauch ist letztlich bei keinem Instrument völlig ausschließbar und
gerade hier gehen wir fest davon aus, dass es sich lediglich um
geringe Mitnahme-Effekte handelt."
„Geringe Mitnahme-Effekte. Jau! Wer`s glaubt …!", dachte Bloch -
und beinahe hätte er es sogar laut gesagt …
Vieles musste man hier herunterschlucken, allzu vieles blieb einem im
Halse stecken.
„Die Krätze könnte man kriegen, manchmal", dachte er etwas unfein,
-oder Schlimmeres!"

Er wandte seinen Stuhl zum Fenster und starrte in die herabgefallene
Dunkelheit. In der Ferne ratterte schon jetzt die letzte Straßenbahn
über die hässliche Hochstraße in Richtung Nachbarstadt, zu einem
anderen Ort, zu einer neuen Station. Es lief so vieles falsch. Man
konnte so wenig tun. Aber war man denn wirklich völlig machtlos?
Nein.
Bloch erhob sich.

***** ENDE *****

?

Personen und Abkürzungen

Manuela Enthess: mutmaßliches Opfer.
Jozefina Rugova: mutmaßliche Täterin.
Janez Rugova: Ehemann der mutmaßlichen Täterin (hat PTBS).
Inge Rugova: verunglückte Tochter.
Ralph Rugova: verunglückter Sohn.
Norbert Marcel Hanneboes: Kommissar.
Burkhart Kallwazz: Mitarbeiter Tatort-Inspektion.
Herr Binwiers: weiterer Mitarbeiter Tatort-Inspektion.
Siegfried „Sander" Anderstutt: Leiter Tatort-Inspektion.
Arzt am Telefon: N.N.
Thomas Bloch: casemanager (u.a. von Familie Rugova).
Benno Hattich: casemanager (sein Kollege und Vertretungspartner).
Frau Kregel: Private Arbeitsvermittlerin mit Firmensitz in Lochwies.
Höhn: Business-Hotel im Besitz der CBTG.
CBTG: Chemische Betriebe-Transnationale-Gewerbe, sehr große
Firma in Rheinschanzhafen.
BAZ: Bundes-Arbeits-Zentrale (mit Hauptzentrale in Norimberg).
Herr Jungtumb: Oberster Chef der BAZ.
HETZ V: (ironisch auch "gimme five" genannt) Eine staatliche
Transferleistung, die in nur geringer Höhe an beweisbar Bedürftige
gezahlt wird und mit vielen Pflichten verbunden ist. Kann fast beliebig
und aus vielen Gründen auch immer mal wieder gekürzt werden. Bis auf Null.
STV: Süd TeleVision eine Landesfernsehanstalt.
ÖPNV: Öffentlicher Personennahverkehr. Vulgo: Busse und Straßenbahnen.
PTBS: eine psychische Erkrankung (ICD-10: F43.1).
Rheinschanzhafen: eine mittlere Großstadt im Südosten einer
westlichen Republik, bekannt unter anderem aufgrund der Tatsache,
dass dort ein ehemaliger Bundespräsident, Herr Hartmut Hohl,
ansässig ist (bzw. war). Etwa 42 Kilometer nordwestlich liegt auch das
schöne Städtchen Heideltal am Schleckar.

* * * * * *

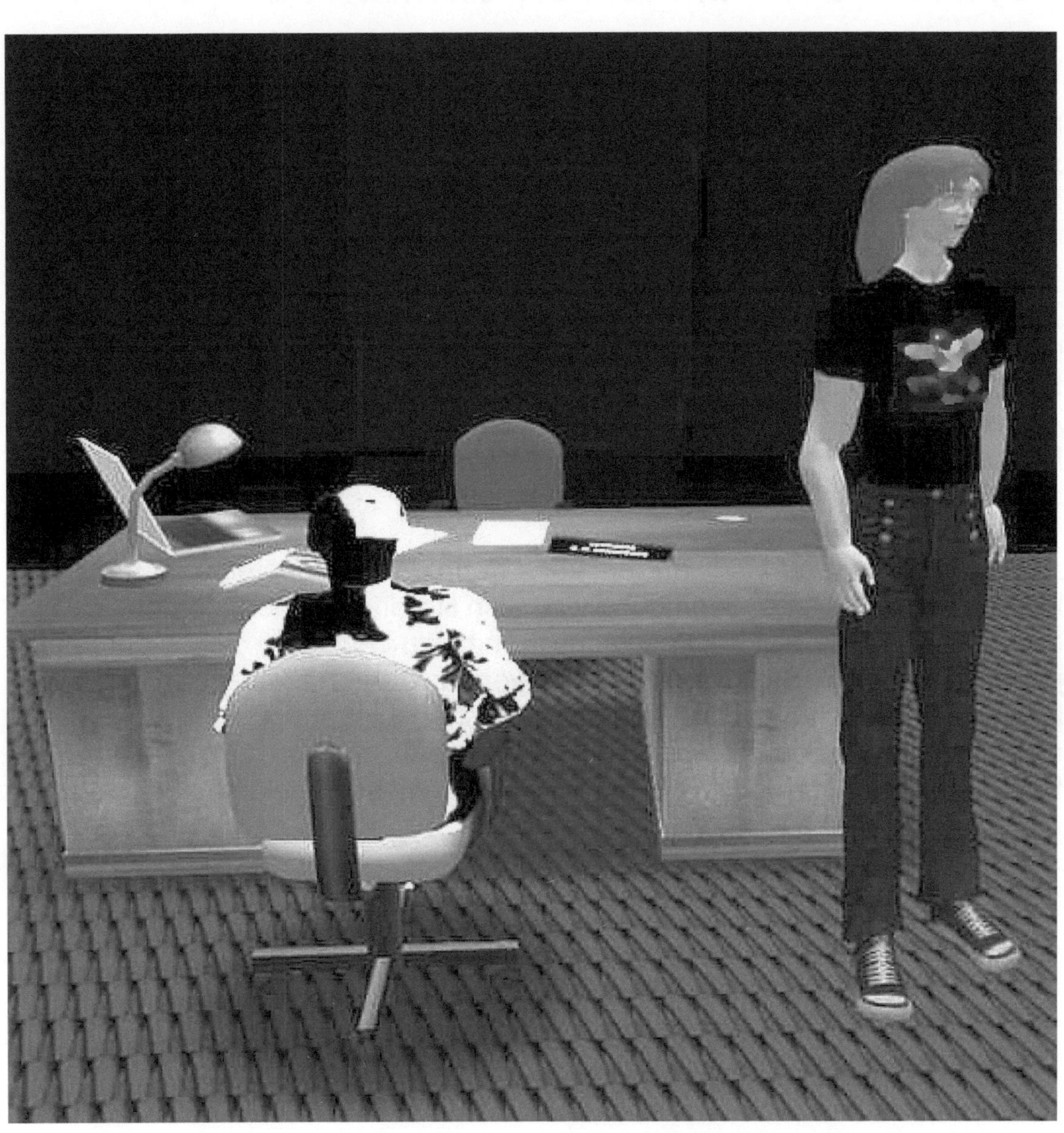

Sektor VII.
Grusel (einmal Horror, einmal Vampir)

Nun wird`s gruselig. Zumindest ein wenig. Das allzu Blutrünstige liegt meinen
zarten Nerven ja eigentlich nicht so sehr.
:-)

„Ein ganz normaler Einkaufsbummel" ist ein schon älteres Stück, welches
damals „sogar" einmal als Leserstory der Woche in einem John-Sinclair-
Heft erschienen ist.
Außerdem ist sie wohl auch ein wenig die mentale Rache an labyrinthischen
Einkaufszentren und zugleich die des lebenslänglichen Pudding-Vegetariers
an der karnivorischen Mehrheitsgesellschaft ...

„Grenzen, Opfer und Visionen" entstand dann deutlich später, anhand eines
kleinen Wettbewerbes. Bedingung war, sich literarisch innerhalb des
historischen Bram Stoker-Draculauniversums zu bewegen, dieses durch die
jeweilige „Sidekick-Story" aber nicht zu verletzen. Anders ausgedrückt: Die
jeweilige Geschichte musste sich als „Zwischenspiel" nahtlos in die
eigentliche und bekannte Hauptstory einpassen.
Eine reizvolle Aufgabe, die ich hoffentlich angemessen gelöst habe.

Ein ganz normaler Einkaufsbummel

(Horror)

Rolf Martens war froh, diesen Supermarkt gefunden zu haben. Erst vor kurzem war er in die Gegend hier gezogen. In diesem etwas abgelegenen Supermarkt war er in jeder Hinsicht zufriedener. Durch Zufall hatte er ihn heute entdeckt und schon beschlossen, hier öfter einzukaufen.

Im Moment hatte er aber nur einige Kleinigkeiten gebraucht, da er die meisten Sachen, die er für das bevorstehende Wochenende benötigte, schon anderswo gekauft hatte. Nun, ein paar Kleinigkeiten, Steaks und Zigaretten hatte er hier noch günstig erstanden und suchte nun die Kasse. Als Rolf schon eine ganze Zeit vergeblich herumgewandert war, fragte er schließlich eine Verkäuferin.

"Wo geht's denn hier zum Ausgang?"

"Dort lang!" rief ihm die Frau im Vorbeigehen zu und zeigte in die Richtung.

Als Rolf dort ankam, musste er zu seiner Überraschung feststellen, dass es gar keine Kasse gab. Er schob seinen Einkaufswagen noch eine Zeit lang unschlüssig hin und her. Dann beschloss er, noch einmal zu fragen.

"Wo bitte ist hier die Kasse, vorne kommt man ja nicht raus!", sprach er einen Verkäufer an, der gerade dabei war, Waren einzusortieren.

Der schaute ihn kurz an und antwortete: "Gehen Sie nur diesen Gang entlang, dann rechts und gleich wieder links!"

So machte sich Rolf Martens wieder auf den Weg. An die Beschreibung des Verkäufers versuchte er sich so gut wie möglich zu halten, was aber gar nicht so einfach war.

Langsam wurde er auch wirklich ungeduldig - irgendwo musste doch der verdammte Ausgang sein! Sein Ärger wuchs.

"Vielleicht sollte ich in Zukunft doch nicht mehr hier einkaufen," schoss es ihm durch den Kopf. "Das ist ja der reinste Irrgarten!"

Immer noch konnte er nichts entdecken, was nach einer Kasse oder einem Ausgang aussah. So dumm konnte er doch wohl eigentlich nicht sein. Außerdem hatte er das deutliche Gefühl, dass sich das Geschäft langsam leerte. Es schienen sich kaum noch Kunden in diesem Laden aufzuhalten.

Das war irgendwie seltsam. Um diese Uhrzeit war doch normalerweise in jedem Geschäft ein großer Kundenandrang, schließlich war es Freitagnachmittag.

Plötzlich überfiel ihn das Gefühl, irgend etwas stimme hier nicht.

Obwohl - das war natürlich lächerlich!

Er war doch in einer ganz normalen Situation, oder?

"Sie suchen etwas, mein Herr!"

Ruckartig drehte er sich um. Die Verkäuferin in seinem Rücken hatte er gar nicht bemerkt. Erschreckt blieb er wie angewurzelt stehen. Mit großen Augen und seltsam starrem Blick, wie es ihm schien, schaute die Frau ihn an. "Dort entlang müssen Sie!", tönte es. Ihr Zeigefinger schnellte in die entsprechende Richtung. "Dort entlang!" Rolf Martens Finger sanken herab. Er ließ den Einkaufswagen einfach stehen.

Zögernd, vom Blick dieser Augen gebannt, ging er einige Schritte rückwärts. Endlich gelang es ihm, sich abzuwenden, und er lief, lief einfach davon. Dass er genau in die Richtung rannte, die die Verkäuferin ihm gewiesen hatte, fiel ihm nicht auf.

Kein Kunde schien sich mehr in diesem grauenhaften Geschäft aufzuhalten. Nur die weißen Kittel der Bediensteten nahm er ab und zu aus den Augenwinkeln wahr.

Mein Gott, wie groß war denn dieses Geschäft? Rolf keuchte bereits, und sein Herz klopfte wie rasend. Irgendwo musste er doch endlich einmal ankommen!

Da, da vorne war doch irgend etwas! Die Reihen der Regale lichteten sich und Rolf sah nun, wohin er geraten war.

Er befand sich jetzt in der Fleisch- und Wurstwarenabteilung. Die Fleischtheke bildete den Abschluss des Raumes. Weiter ging es nicht!

Er taumelte noch die restlichen Schritte auf die Theke zu und hielt sich dann an ihr fest. Schweiß verklebte ihm die Kleidung und lief ihm in die Augen. Mit einer hastigen Bewegung wischte er sich über die Stirn. Eigentlich wagte er es nicht, sich umzudrehen, aber er musste es tun!
Wie unter einem inneren Zwang wandte sich Rolf Martens um. Was er sah, bestätigte endgültig seinen Verdacht, in einem - furchtbar realen - Alptraum gelandet zu sein.
Aus allen Gängen, die auf die Fleischtheke hin mündeten, kamen langsam - und seltsam lautlos - weißbekittelte Verkäuferinnen und Verkäufer. Schnell hatten sie ihn quasi eingekreist.
Rolf verspürte nicht einmal mehr richtige Angst. Vor Entsetzen war er einfach wie gelähmt. Sein ganzer Körper war eiskalt, und seine Hände sanken kraftlos herab.
"Was wollen Sie überhaupt von mir?", stammelte er.
Zunächst antwortete ihm niemand. Dann trat aus der Menge eines der Wesen heraus und kam langsam auf ihn zu. Die kleinen Augen in dem rosigen Gesicht blinzelten ihn an. "Ach, nichts Besonderes, Rolf Martens, nichts Besonderes ...", sagte es mit seltsam quietschender Stimme.
"Wir wollten nur endlich einmal, sozusagen, - DEN SPIESS UMDREHEN, HA,HA,HA,HA!"
Das schaurige Gelächter ließ das Blut in Rolfs Adern endgültig gefrieren.
Wie hypnotisiert starrte er das Wesen mit geweiteten Pupillen an.
Immer weiter schlich sich das Wesen an ihn heran. Es gab einen animalischen Laut von sich. Doch noch immer wusste Rolf nicht, worum es hier eigentlich ging. Bis dann sein Blick auf die Reklametafel der Fleischabteilung fiel: Unser Fleisch, stets frisch, stets etwas Außergewöhnliches!

ENDE!

Unser Fleisch, stets
frisch, stets etwas
Außergewöhnliches!

<u>Grenzen</u>, Opfer und Visionen ...

(Vampir)

Es ist nicht immer leicht, ein Diener (oder sagen wir es vornehmer: ein Butler) zu sein!
So sehr ich, S. Wenson Swap, auch versuchte, alles in Haus und Hof perfekt zu gestalten -
nie konnte man es wirklich jedem recht machen - gleich ob dies nun die Mitglieder der
Familie, die vielen Gäste oder andere Hilfskräfte im Haushalt betraf. Aber insgesamt war
man schon sehr zufrieden mit mir, da war ich mir dann doch wiederum sicher!
Im Jahre des Herren 1897 aber spielten sich äußerst merkwürdige und beunruhigende
Dinge im Haushalt der Familie Westenra ab, denen zu dienen ich die Ehre hatte.
Insbesondere betroffen war hiervon die schöne und junge Herrin, die Tochter des Hauses,
Lucy Westenra. Gerade einmal Anfang zwanzig brachte sie oftmals mit ihrer lebhaften und
manchmal fast schon leicht frivolen Art „Leben ins Haus" und sorgte damit für manch
unterhaltsame und amüsante Augenblicke, die ich - diskret im Hintergrund natürlich - immer
wieder einmal miterleben durfte.
Doch damit hatte es nun seit einigen Tagen mehr und mehr ein Ende. Eine Art böser Schleier
lag jetzt über dem prächtigen Londoner Haus mit seinem großen parkähnlichen Garten,
ein Schleier, der einfach nicht weichen wollte ...
Unruhe, Nervosität, ja fast schon Angst hatte jeden Bewohner und Bediensteten erfasst.

Noch vor Kurzem hatte alles eine schönere Zukunft verheißen: Lucy Westenra hatte ihr zuvor
- mit Verlaub und allem Respekt - vielleicht manchmal etwas „arg leichtes Herz", endgültig
einem aus der Schar ihrer Bewerber zugewandt - und mit Lord Arthur Holmwood nun
wahrlich keine schlechte Wahl getroffen!
Dies war der harmonische Stand der Dinge - bis dieser Prinz Vlad Dracul auf den Plan trat.
Jener war über Miss Lucys beste Freundin, Mina Murray, in ihr Leben getreten. Miss
Murray, die ja eigentlich ihren Verlobten Jonathan Harker sehnlichst aus Transsylvanien
zurückerwartete, wo er aber auf einer Geschäftsreise seltsamerweise und ungeplant
aufgehalten worden war ...

Obwohl dieser Dracul selten offen im Hause auftrat, hatte ich schnell bemerkt, dass hier
etwas nicht stimmte, dass dieser Herr ein außergewöhnliches Wesen sein musste - und ich
hatte ihn sogleich mit der mysteriösen Krankheit von Miss Lucy in Verbindung gebracht.
Es war erschreckend anzusehen, wie hinfällig sie, die einstmals so Fröhliche, nach und nach
wurde, wie leidend, wie zerrissen sie mehr und mehr wirkte. Ein beängstigendes nächtliches
Schlafwandeln im sturmgepeitschten Garten, ihr abwesender und verstörter
Gesichtsausdruck, ihre Schmerzen, ihre immer öfter deutlich spürbare Angst - all das war
höchst beunruhigend.
Am schlimmsten war es vielleicht, die Hilflosigkeit aller Berater und insbesondere des
Hausarztes Dr. Jack Seward mitzuerleben. Niemand fand trotz größter Bemühung auch nur
eine Erklärung, geschweige denn eine Heilungsmöglichkeit für das fortschreitende
Dahinsiechen der einst so schönen, jungen Frau.
Das war eine wirklich traurige Sache- und jeder hoffte nun natürlich, dass der von Dr.
Seward herbeitelegraphierte Professor Abraham van Helsing möglichst bald einträfe und der
Unglücklichen dann wirklich wirksam helfen könne.

Ich schloss mich nach außen hin natürlich diesen Wünschen an und äußerte mich auch so wie
es alle taten. In Wirklichkeit sah es aber in mir insgeheim ganz anders aus. Meine Ziele, meine
Pläne - sie waren völlig unterschiedener Natur hiervon. Und sie kreisten sehr intensiv um die
Person des Dracul, um die des Nosferatu! Denn genau das war er- ein Untoter, ein Vampir.
Eben das hatten meine in den letzten Tagen in jeder freien Minute erfolgten Beobachtungen,
Ermittlungen und Recherchen ergeben. Ich war intensiv, aber sehr vorsichtig vorgegangen -
und so mutmaßlich nicht von ihm entdeckt worden. Meine anfängliche, intuitive Vermutung
hatte sich vollständig und in jedem Punkte bewahrheitet.

Nun mag es verwundern, dass ein einfacher Butler überhaupt etwas über derartig
entlegene, dunkle und seltsame Dinge weiß ... Aber als solchen sah ich mich ja nun nicht
wirklich. Als Butler: Ja. Seit einigen Jahren schon übte ich diesen Beruf umsichtig, engagiert
und alle anderen Hilfskräfte im Hause anleitend aus. Als „einfach" betrachtete ich mich
jedoch unbescheidenerweise nie. Schon seit Langem pflegte und studierte ich privat die
verschiedensten Interessensgebiete. Volksglaube, Vampirismus und Ähnliches gehörten
dabei ebenso dazu wie auf der anderen Seite die modernsten technischen Entwicklungen
meiner Zeit.

Dracul. Vlad Dracul - ein unsterblicher Blutsauger, ein mächtiger und kluger ganz sicherlich
noch dazu! Es lief mir eiskalt über den Rücken und alle meine Muskeln spannten sich nervös
an. Was ich nun vorhatte, war ganz sicher ein schauriges Unterfangen, mit ungewissem
Ausgang und grenzenlosen Gefahren schrecklichster Art. Doch ich musste es tun. Alles war
lange und sehr genau überlegt und bedacht. Ich war vorbereitet und fest entschlossen, alle
möglichen Folgen zu tragen!
Langsam stieg ich die ersten Stufen zu dem Zimmer hinauf, in dem ich Dracul allein
antreffen würde. Mindestens eine halbe Stunde, eher aber länger, würde auch keinerlei
Störung von außen eintreten, so hatte ich es geplant und vorausberechnet.

Plötzlich hielt ich einen Moment lang inne und kicherte, fast hysterisch, kurz in mich hinein.
Ein skurriler und eigentlich völlig unpassender Gedanke war mir unvermittelt ins Gehirn
geschossen. Der Prinz sah ja in der Gestalt, die er zurzeit angenommen hatte, wirklich
einnehmend aus - insbesondere für viele Damen, wie es mir vorkam. Sein Haar aber war,
selbst für das moderne London von 1897, wahrlich recht lang geschnitten, fiel weit über die
Schultern hinab.
Und eben war mir der aberwitzige Gedanke gekommen, dass er damit ja nun fast ein wenig
so aussah wie ich selbst, als ich einmal für einen volkstümlichen Maskenball mir aus einer
alten Perücke etwas Besonderes gebastelt hatte. Ich hatte sie ähnlich dunkel eingefärbt und
sie war ebenfalls recht lang gewesen - allerdings hatte ich die Haarsträhnen sämtlich
künstlich verfilzt zu einer Art seltsamer Locken und dazu eine sehr dunkle Brille getragen.
„Sieht ja zum Fürchten aus!", hatte eine Bekannte, die gute Laetitia, damals gesagt und sie
scherzhaft „Dreadlocks" genannt.
Zum Fürchten, hm. Ich lächelte dünn, aber grimmig. Da hatten wir ja den Zusammenhang!
Vielleicht wird ja selbst so etwas einmal Mode, dachte ich noch - vielleicht in London,
vielleicht nur auf irgendwelchen karibischen Inselstaaten oder sonst wo- was weiß ich ...!

Dann aber schob ich all das beiseite, schritt die restlichen Stufen hinauf und betrat das
Zimmer.
Ich blieb einige Sekunden etwas unschlüssig stehen, zögerte. Dracul wandte mir den
Rücken zu, schien intensiv ein Bild zu betrachten, reagierte nicht.
Schon wollte ich den nächsten Schritt machen, als er mich plötzlich ansprach, ohne sich
jedoch umzudrehen: „Swap. S. Wenson Swap. Sie schleichen sich nicht in Ihrer Rolle als
Butler derart ungeschickt an mich heran, richtig?"
Er wandte sich unvermittelt um und fixierte mich, während ich unwillkürlich etwas
zusammenzuckte.
„Woher ...?", brachte ich mühsam hervor.
„Woher ich das weiß? Kommen Sie, Mann - machen Sie sich nicht lächerlich! Dass Sie ein
wenig mehr im Kopf haben als die üblichen Vertreter Ihres Berufsstandes, ist mir sofort
aufgefallen- und Ihre alberne Nachspioniererei in den letzten Tagen ist mir natürlich auch
nicht verborgen geblieben. Mir scheint, Sie unterschätzen mich - und das trotz Ihrer
sämtlichen angestrengten Studien!"
Ich war verblüfft und meine Hände fuhren nun doch etwas fahrig hin und her. Gleichzeitig
faszinierte mich aber auch das Wissen um die ungeheuren Fähigkeiten dieses Wesens.
„Nein. Nein, eigentlich nicht ...", sagte ich mit etwas gepresster Stimme.
„Nun! Um es abzukürzen ...", Dracul wirkte nun etwas enerviert, aber durchaus entschlossen.
„Ich nehme stark an, Sie belieben den Helden zu spielen und möchten das Böse, möchten
MICH besiegen, vernichten, kurzum, aus der Welt vertilgen? Richtig? Was führen Sie mit

sich - Kreuze? Knoblauch, Spiegel, Gebetbücher? Ein Heftchen mit ein paar alten christlichen Zaubersprüchen?"
„Nichts dergleichen!", platzte ich heraus. „Und ... es geht um etwas völlig anderes, Vlad!"
Stille trat ein.
Nach etlichen Sekunden ließ sich Vlad Dracul scheinbar gänzlich entspannt, ja fast lässig in einen Sessel nieder und machte eine unbestimmt einladende Handbewegung, die andeutete, ich solle ihm gegenüber Platz nehmen. Was ich nach kurzem Zögern auch tat.
„Wissen Sie, Wenson", er lächelte dünn hinsichtlich dieser von ihm zurückgegebenen Vertraulichkeit, „es kommt tatsächlich selten vor, dass es noch jemandem gelingt, mich ein wenig zu überraschen und einen Funken echten Interesses zu wecken. Das bringen die Jahrhunderte so mit sich. Tun Sie sich keinen Zwang an, schildern Sie Ihr Anliegen. Sie haben fünf Minuten."
Ich war überrascht, verwundert, verwirrt, all das, ja. Aber ich schaffte es fast sofort, meine Konzentration wieder zu gewinnen und meinen sorgfältig entworfenen und oft geübten Vortrag entschlossen vorzubringen.
Ich sprach von meinem brennenden Interesse am Wissen der Welt. Von meiner Lebensuhr, die nun schon mehr als halb abgelaufen war, von dem überstarken Gefühl, mindestens 100 Jahre zu früh geboren worden zu sein, von meinem enormen Bedürfnis, nein, von meiner Vision, etwas Besonderes für die Verständigung, den Wissensaustausch, die Verbindung der Menschen weltweit tun zu müssen und zu können - und von meiner großen Enttäuschung selbst von den neuesten Errungenschaften der menschlichen Technik wie dem Kinematographen und dem so genannten Telephon. Wie primitiv, unfertig und unzulänglich mir das alles vorkam.
„Stop!", unterbrach mich der Nosferatu. „Ich denke, ich habe verstanden. Aber worauf soll es hinaus - was wollen Sie von mir?"
Er legte den Kopf etwas in den Nacken, hob beide Augenbrauen und blickte auf mich herab. Ich nahm meinen letzten Mut zusammen.
„Beißen Sie mich - und anschließend lassen Sie mich ein wenig von Ihrem Blut trinken. Ich muss die Zukunft sehen. Ich MUSS!"
Dracul fuhr hoch. „Unverschämt! Sie haben die Frechheit? Sie wollen mir gleich oder doch zumindest ähnlich werden?"
Er fixierte mich mit verkniffener Miene. „Gegen ein paar Liter echten Menschenblutes - nun gut, dagegen ist nie wirklich etwas einzuwenden! Aber: Ob und wem ich jemals erlaube, mir ähnlich zu werden ... Nein, mein Lieber. Das ist eine grenzenlose Anmaßung von Ihnen, mich um Derartiges anzubetteln!"
„Nein, ... nicht um die Macht, nicht die Ähnlichkeit ... Zeit! Ich brauche doch nur Zeit. Ein paar Jahrzehnte - Jahrhunderte, wenn es hoch kommt ...", stammelte ich unbeholfen.
Sein Zorn verrauchte ein wenig. „Erstaunlicherweise habe ich das Gefühl, dass Sie es in dieser Hinsicht ehrlich meinen. Sie wirken nicht machtbesessen und ein reines Winseln aus allgemeiner Todesangst ist es bei Ihnen auch nicht. Seltsam ..." Er schob sein Gesicht ganz dicht an meines heran. Es wirkte bedrohlich. „Welch ein Unsinn, trotz alledem! Was wissen denn Sie!! Was wissen Sie vom Reich der Dunkelheit, von der Angst dessen, den alle fürchten! Von der Einsamkeit des Untoten zwischen den Toten und denen, die zu leben glauben! Was wissen SIE ? NICHTS!!" Er stieß mich ein Stück zurück.
Abrupt wechselte er das Thema. „Sie müssten in Ewigkeit Blut trinken. Andere Menschen zu ihren Kreaturen machen. Deren Tod in Kauf nehmen. Sie wollen alle diese Grenzen überschreiten, wollen alle Opfer bringen - für Ihre Visionen ?"
Er stand aufrecht da. Und schwieg. Sah mich lange Zeit an. Schwieg weiterhin.
Ich wurde zusehends nervöser, begann irgendwann hektisch zu reden und zu erklären, noch immer sah ich eine Chance! Ein Chance für meine Träume, meine Visionen, meinen undeutlich gefühlten Auftrag in der Zeit ... Zog Vergleiche, sagte, dass es ja für viele die Liebe sei, die ihre Vision darstelle, eine Vision, die unendlich viele Namen tragen könne, gleich ob dieser nun Anna, Eva, Berta, Maria, Paula, Renate, oder eben Elisabeta sei. Aber dass es eben auch andere, gleich starke, große und wunderbare Visionen geben kann - so wie die meine! ... Ich verstummte wieder. Seine Fragen standen nach wie vor im Raum.
Kleinlaut und schon fast verzweifelt begann ich dann diesen Teil meines Vortrages.
Berichtete dass ich darüber natürlich nachgedacht hätte. Sprach von Skrupeln. Von Tierblut,

von Blutkonserven, von Selbstbeschränkungen , ...schwieg.
Nachdenklich sah Vlad Dracul mich an. Fast sanft befahl er mir: „Stehen Sie auf, Swap. Gut.
Nun hier entlang, ein paar Schritte nur."
Ich folgte ihm wie hypnotisiert, sah nur noch seine Augen, war innerlich wie erstarrt.
Schließlich blieben wir stehen.
„Drei Dinge, Swap", sagte Vlad zu mir. „Erstens: Deine fünf Minuten sind mehr als um.
Zweitens: Du hast mich ein wenig zum Nachdenken gebracht - das schaffen nicht mehr viele.
Ich vergelte es Dir. Drittens: Es gibt fast immer mehr als eine Möglichkeit. Zeuge Kinder.
 Lebe ihnen Deine Visionen vor - so kannst Du sie unsterblich machen! Und nun: Adieu!"
Nach diesen Worten versetzte er mir einen Stoß vor die Brust und ich fiel. Schlug
schmerzhaft an und fiel weiter. Hatte das seltsame Gefühl, mein langer Sturz werde aber
irgendwie gelenkt und gemildert. Schlug endgültig auf – und dann: Nichts mehr.

Für lange Zeit.
Erst etliche Tage später kam ich in pflegender Obhut wieder zu wirklichem Bewusstsein.
Man erklärte mir, ich sei, wohl nach einem Treppensturz, bewusstlos geworden, werde aber
keine bleibenden Schäden zurückbehalten. Ein bedauerlicher Unfall.
Zwar wurde ich gut gepflegt, doch das allgemeine Interesse richtete sich natürlich auf den
zwischenzeitlich geschehenen Tod von Lucy Westenra, den überstürzten Aufbruch der
Gruppe um Professor van Helsing und ähnliche erschütternde Ereignisse, von denen der
Leser gewiss aus anderen Quellen bereits Kunde hat.

Vlad Dracul hatte meine drängende Sehnsucht nicht gestillt. Er hatte mich nicht gebissen, er
hatte mein Leben geschont und verstümmelnde Verletzungen verhindert - und er hatte mir
Ratschläge erteilt.
Freundlich lächelte ich die kluge, umsichtige und ausnehmend hübsche Krankenpflegerin an,
die eben meine Kissen aufschüttelte - und sie erwiderte dieses Lächeln auf eine vollständig
angenehme und viel versprechende Weise ...!

*** ENDE ***

Das alte Spiel

Ich bin sprachlos,
kann es Dir nicht sagen.
Nicht von Gefühlen sprechen,
über meine Sehnsucht
und meine Hoffnung reden.
Meine Angst hält sich die Waage
mit meinem Willen,
Dir zu zeigen,
dass ich Deine Nähe suche
und sie behalten will.

Ich lebe
zwischen Zweifel und Hoffnung
zerrissen.

Aber
eine klare Frage
könnte ein klares Nein
zur Antwort haben ...

(B. Tomm)

Definition

In hundert
Lexika

fand ich nicht

erklärt

was das ist

Der Hauch
eines Blickes

von Dir.

(B. Tomm)

Von Menschen

Deine Hände
atmen den Hauch der Liebe
auf meine Haut,
meinen Körper -
jenseits
aller Worte,
befriedend alle Wortgefechte
fühle ich Deine Sprache
werde zum Echo
Deiner Sehnsucht
verstehe

      (B. Tomm)

TRÄNEN

Ich liebe jede Träne,
darin ein Bild von Dir.

Ich liebe jede Trauer,
wenn Dir sie gelten darf.

Ich liebe jeden Schmerz,
wenn Du das Messer bist.

Und liebe jede Leere,
wenn Du nur vorher warst.

Voll Tränen, Trauer, Schmerz und Leere,
wenn ich getrennt von Dir
bleibt eines immer:
Dank - und Liebe
in meinem Herzen mir.

(Tom)

____

____

Kein Geschäftssinn!

Sonnenstrahlen gleich
trifft mich Deine Freundlichkeit
Deine Blicke
vermitteln Wärme
in dieser
Welt von Plastik-Menschen
  - ferngesteuert
    eilig hastend
    zu kalten Geschäften
    in Mark und Pfennig
    ausgerechnet
    alles
    abgewogen, nach Gewinn
    und Verlust -

  trifft mich Dein Lächeln:
kostenlos!

                (B. Tomm)

Projektionen

Das Ohr des Dichters
ist ein Brennglas
eine Lupe
ist aus Glas
und kann
zum Spiegel werden
kann laute Bilder schreien
Mosaiken werfen
Scherben
aus der Wirklichkeit
Kaleidoskop
aus Dur und Moll
geatmet in Dein Herz
Wogen werfend
im Labyrinth
von Seele
und Verstand.
Kann zerbrechen
hoffend
auf Gehör.

(B. Tomm)

Reflektionen

Die Augen einer Malerin
sie sehen Deine Welt
- und sehen vieles mehr!

Vor Liebe, Angst, vor Schmerz und Lust
da hebt sie ihre Lider.
Verschließt die Augen nicht und sieht
in anderen Farben, anderen Formen
umher mit Augenblicken!

Ein Wimpernschlag,
ein langer Blick,
ein Sehen fremder, aber wahrer Welten ...

Die sind es, die sie dem

der schauen kann, der sehen will
in bunten,
hellen,
dunklen
Spiegeln zeigt
!

(B. Tomm-Bub)

SEKTOR IX.

Über den Autor

Burkhard Tomm-Bub, M.A. wurde1957 in Recklinghausen, NRW als Burkhard Tomm geboren. Er ist gelernter Erzieher, Diplom-Sozialarbeiter (FH) und Magister der Erziehungswissenschaft, mit den Nebenfächern Psychologie und Soziologie.
Tomm-Bub ist Mehrfachabhängiger, lebt aber seit Jahrzehnten zufrieden abstinent / clean.
Berufliche Erfahrungen machte er in der Offenen Kinder-und Jugendarbeit, als Sozialfachkraft im Sozialamt und mehrere Jahre als Fallmanager in einem jobcenter. Dann arbeitet er "z.b.V." in einer Betreuungsbehörde. Zurzeit (Winter 2017) ist er "freigestellt unter Fortzahlung der Bezüge". Ehrenamtlich ist er im Bereich der Suchtkrankenhilfe und Flüchtlingshilfe aktiv.
Burkhard Tomm-Bub veröffentlicht nur gelegentlich, aber seit etlichen Jahren,z.b. Glossen, Storys, Lyrik (u.a. im Heyne-Verlag) und zu Sachthemen (im Suchtkrankenbereich).
Weitere Interessengebiete sind social media, sowie die VR (Virtual Reality)
und hier namentlich die unkommerzielle Verbreitung von Literatur sowie die Förderung gemeinnütziger Aktivitäten (auch) in der Welt Second Life (SL-Avatar: BukTom Bloch).
Im realen Leben (RL) lebt er in der Pfalz und in Ludwigshafen am Rhein.

Politisch ordnet er sich klar links ein, ist aber Pazifist, kein Kommunist und auch sonst Mitglied keiner Sekte, Kirche noch Partei. Weiterhin ist er Pudding-Vegetarier, Feminist sowie Gegner von Hartz IV. Hier ist er auch als Aktivist tätig.
Beziehungsstatus: Es ist kompliziert.

V.i.S.d.P.: B. Tomm-Bub * 67063 Ludwigshafen * mailto: ogma1@t-online.de

Sektor X.

Werbung (weitere Bücher des Autors)

Tomm-Bub, M. A. (Dipl. -Soz. Arb. -Fh-)
Gesellschaft - Sucht - Sozialarbeit

Verlag: GRIN Publishing

Hardcover
ISBN 978-3-638-70335-2
Auflage 1. Auflage., Erscheindatum 28.07.2007
Deutsch, 214x154x15mm, 324gr, 220 Seiten

Klappentext

Diplomarbeit aus dem Jahr 1992 im Fachbereich Sozialpädagogik / Sozialarbeit, Note: 1,0, Fachhochschule Mannheim, Hochschule für Sozialwesen (Sozialarbeit), Veranstaltung: Medienpädagogik, 137 Quellen im Literaturverzeichnis, Sprache: Deutsch, Abstract: Die noch immer aktuelle Arbeit bietet zunächst Definitionen von Sucht(typen) und geht auch auf deren Epidemiologie ein. Den Schwerpunkt bildet anschließend der Alkoholismus (Definitionen, Phasen, Typen, Wirkungen, Verbrauch, Abbau, etc.). Gesundheitliche Aspekte und ätiologische Aspekte schließen sich als Unterpunkte an. Weiterhin wird in ähnlicher Weise auf Medikamentensucht und Polytoxikomanie eingegangen. Die gesamte (westliche) Gesellschaft ist ein "Suchtpatient", so die anschließend ausführlich erarbeitete Kernthese: die ungebremmste Verknüpfung von Leistung mit Wertschätzung, sowie ein hemmungsloses Konsumdenken spiegeln dies wieder. Ein medialer Exkurs (Untersuchung von Alkoholwerbung) dient als beispielhafter Beleg. Anmerkungen zur Therapie (ergänzt durch eigene Erfahrungen des mehrfachabhängigen Verfassers) und auch zu sozialarbeiterischen Aspekten schließen die Arbeit ab. Um seine Thesen zu stützen, bietet der Autor eine überaus interessante und bunte Reihe von Kronzeugen auf, von Erich Fromm über A.S. Neill und Jiddu Krishnamurti bis hin zum Indianer "Rolling Thunder". Namen wie Mahatma Gandhi, Seneca, Epikur, Khalil Gibran, Tuiavii, Lawrence Ferlinghetti, Charles Bukowski, William S. Burroughs und Fritjof Capra kennzeichnen weitere Aspekte der Auseinandersetzung mit dem Thema. In der Tat vermögen die philosophischen sowie gesellschaftspsychologischen Passagen des Werkes, das eine starke Affinität zu Fromms "Haben oder Sein" aufweist, am meisten zu faszinieren.

Tomm-Bub, M. A. (Dipl. -Soz. Arb. -Fh-)
Kinder aus Alkoholikerfamilien - Grundlagen von Prävention und Intervention

Verlag: GRIN Publishing

Hardcover
ISBN 978-3-638-69080-5
Auflage 3. Auflage., Erscheindatum 25.07.2007
Deutsch, 219x149x10mm, 139gr, 88 Seiten

Klappentext

Magisterarbeit aus dem Jahr 1998 im Fachbereich Pädagogik - Heilpädagogik, Sonderpädagogik, Note: 2,1, FernUniversität Hagen (Sonderpädagogik an der FU/GH Hagen), Veranstaltung: Sonderpädagogik, 40 Quellen im Literaturverzeichnis, Sprache: Deutsch, Abstract: Kindern aus Alkoholikerfamilien sind Mitbetroffene in besonderer Hinsicht. Einerseits verfügen sie nicht über die notwendige Informationen, verhalten auch sie sich in der Regel so, dass der süchtige Vater, die süchtige Mutter in der Krankheit bleibt, keine Anstalten unternimmt die Sucht zum Stillstand zu bringen und insofern sind auch sie, die Kinder, "Co-Alkoholiker". Andererseits sind sie aber Opfer in doppeltem Sinne, denn sie sind körperlich unterlegen, rechtlich höchstens beschränkt handlungsfähig und ganz allgemein mit weniger Möglichkeiten und Kompetenzen versehen als jeder erwachsene "Co". Kinder bewegen sich im öffentlichen Raum, sei es im Kindergarten, im Hort, der Schule, offenen Kinder- und Jugendeinrichtungen, oder verschiedenen sonderpädagogischen Einrichtungen. Vielfach wäre es möglich -früher und öfter als bisher- die von Sucht massiv mitbetroffenen Kinder zu erkennen und ihnen zu helfen. Es gibt einige typische Verhaltensweisen und oft eingenommene Rollen von Kindern aus Alkoholikerfamilien, dasselbe gilt für den mitbetroffenen Partner und auch den Süchtigen selbst. In der Begegnung mit dem Kind, dem Partner, möglicherweise auch dem Betroffenen diese Rollen zu kennen, kann nicht nur hilfreich sein, oft ist es eine der Grundbedingungen für die rechtzeitige "in Gang Setzung" eines Hilfeprozesses. Hierzu sind zunächst einmal die entsprechenden Kenntnisse notwendig. Geklärt werden müssen also Begriffe und Sachverhalte wie "Alkoholismus-Phasen", "Alkoholiker-Typen", "Co-abhängiges Verhalten" und "typische Rollenmuster der Kinder".

Vong die Niceigkeit der Sprache her!

-1mal so gesehen -

(vong den BukTom Bloch)

Und den Elke Krüssmann, den coole Sau hat das schon voll gut rezensioniert, also den Buch!

Elke Krüßmann Das is vong Faabe unt Gestalltunk her so schön, das kan mang schlecht in Wörter faßen. 🙂

Und noch ein coole Sau! Wo auch vol den Fachmaennin is, mal beiseweii gesacht!!

Nadine Federfunken Muriel 🙂 Dat tut ja schong ma sehr vielversprechend klingen, so ma vong Prinzip her, nech. 🙂

Dem is hyper-cool!!
Hier is noch 1 !!!!!!

Kirsten Riehl gannnnnz toll, jaaaaaaannnnnnz tollet Kinno. Au so vong recht Schreibung her. Is ne morz Sache.

Satura necesse est!

Hier kommt den Ihessbehen!

Das 1., beste und preisgünstigste "Vong-Buch"!
1.- EURO IST WOHLTÄTIGE SPENDE!

Ex-Fallmanager im jobcenter
BURKHARD TOMM-BUB, M.A
HAND
BUCH
WIDER
STAND
GEGEN
HARTZ 4

HANDBUCH WIDERSTAND
-GEGEN HARTZ 4!

Das System Hartz IV, beziehungsweise Arbeitslosengeld II, ist auf eine traurige und ethisch sehr bedenkliche Weise gescheitert! Jedenfalls dann, wenn wir die Maßstäbe von Gerechtigkeit und Menschlickeit anlegen. Und das sollten und müssen wir tun!

Es ist gescheitert, es war von Anfang an mit ethischen Mängeln und Denkfehlern behaftet und es wurde im Laufe der Jahre immer weiter und mit Wucht "vor die Wand gefahren" -zum Schaden von uns Allen!

Burkhard Tomm-Bub, M.A.
EX-Fallmanager im jobcenter
2015

IMPRESSUM

Autor des Buches ist, unter dem Pseudonym „BukTom Bloch“:

Burkhard Tomm-Bub, M.A.
67063 Ludwigshafen
Jakob-Binder-Strasse 22
Mail: ogma1@t-inline.de

Bibliografische Information der Deutschen Nationalbibliothek:
Die Deutsche Nationalbibliothek verzeichnet diese Publikation
in der Deutschen Nationalbibliografie; detaillierte
bibliografische Daten sind im Internet über http://dnb.dnb.de
abrufbar.

© 2019 Burkhardt Tomm-Bub

Herstellung und Verlag: BoD – Books on Demand, Norderstedt

ISBN: 978-3-7392-3000-9

BILDNACHWEIS

Die Fotos in diesem Buch wurden in der Regel von mir selbst angefertigt.

Viele davon stellen screenshots aus der Welt Second Life (SL) in der VR (virtual reality) dar.
So zeigt etwa das Porträt auf der Seite "Alles: klar?" meinen Avatar BukTom Bloch.
Die Illustration zu "Letzter Auftrag" bildet die Avatarin Moewe Winkler ab, die in dieser virtuellen Welt sehr beachtliche Wortinstallationen und andere virtuelle Objekte gestaltet.

Weitere stammen aus dem wunderbaren Inspire Space Park in SL, dessen Besuch sehr empfehlenswert ist.

http://maps.secondlife.com/secondlife/Shinda/80/201/1560

Beispiele hierfür finden sich unter anderem in Form der Abbildungen zu den Geschichten "Auf dem Strome will ich fahren" und "EXPANSION!".

Andere entstanden bei Lesungen und Wohltätigkeitsveranstaltungen in SL.

Außerdem wurden einige von mir selbst aufgenommene "Realfotos" verwendet, zum Beispiel zur Illustration von "Traum der Bäume" und "Schattige Bauteile".

In seltenen Fällen wurden Anleihen "außerhalb" genommen, dies beispielsweise in Form von Wikipedia-Fotos. Hier wurde aber jeweils durch Veränderungen (Schnitt, Färbung, Retusche usw.) und das Integrieren in einen anderen Kontext klar eine eigenständige Schöpfungshöhe erreicht.

Libri amici, libri magistri.
Dilige et quod vis fac.

Burkhard Tomm-Bub, M.A.

Dank und Gruß

Dank an

Johannes Paesler
(Neckarstadt-Blog)

Die kreativen Bewohner*innen von Second Life

Die aktiven Nutzer*innen von facebook

Wildblume

Gruß an

Bernhard Giersche und Familie

Die wohltätige Gruppe
"Kann dieses 50 Cent-Stück irgendwas bewirken?"

Alle Literaturfreund*innen

* * * * * * *

FSC
www.fsc.org
MIX
Papier aus ver-
antwortungsvollen
Quellen
Paper from
responsible sources
FSC® C105338